あずかりやさん

마음을 맡기는 보관가게

Azukariyasan

Copyright © Junko Oyama 2013, 2015

All rights reserved.

First published in Japan in 2013 by Poplar Publishing Co., Ltd.

Revised edition published in Japan in 2015 by Poplar Publishing Co., Ltd.

Korean translation rights arranged with Poplar Publishing Co., Ltd. through JM Contents Agency

あずかりやさん

마음을 맡기는
보관가게

오야마 준코 지음
이소담 옮김

차례

보관가게

이곳은 아시타마치 곤페이토 상점가 서쪽 끄트머리에 있습니다.

오가는 사람은 있어도 이곳에 시선을 주는 사람은 거의 없습니다.

간판이 없거든요. 소박한 쪽빛 포렴*에 '사토さとう'라는 둥글둥글한 히라가나 문자를 하얗게 물들였을 뿐이어서 밖에서 보면 가게인지 가정집인지 구분하기 어려워요.

한 걸음 안으로 들어가면 가게인 걸 알 수 있습니다. 주인이 있거든요. 파는 물건이 없더라도 주인이 있으면 가게지요.

---

* 음식점이나 술집 같은 가게에서 출입구에 늘어뜨려 간판 역할을 하는 천.

텅 빈 유리 진열장 너머에 한 단 높은 마루가 있습니다. 주인은 약간 어둑한 다다미 여섯 장 크기의 마루 구석에 앉아 책을 읽고 있어요. 자그마한 책상 위에 큼직한 책을 올려놓고. 어두워도 전등은 켜지 않아. 손바닥이 페이지를 사랑스럽게 쓰다듬으며 왼쪽에서 오른쪽으로 반복해서 이동합니다.

마루 중앙에는 푹신푹신한 방석이 하나 있습니다. 손님용이에요. 주인의 방석은 오랫동안 사용해서 엉덩이 아래에서 납작해졌습니다.

손님은 하루에 한 명이 올까 말까. 그러니 주인은 기다림을 일이라 여겨 그 자리에서 책을 읽으며 오전 7시부터 11시까지, 점심시간에는 잠깐 가게를 닫고 오후 3시부터 7시까지 가게를 엽니다.

벽시계가 여덟 번 울렸어요.

"안녕하세요."

아침 일찍 온 손님이네요. 손님은 빨간 가방을 등에 멘 여자아이이었어요. 가방에 달린 부적 방울이 딸랑딸랑 울립니다.

"어서 오세요."

주인은 웃는 얼굴로 손님을 반기며 방석을 권했어요.

여자아이는 선 채로 어깨에서 가방을 내리더니 안에서 종이를 한 장 꺼냈습니다.

"이걸 보관해주세요."

주인은 종이를 받아 들어 손바닥으로 두 번 쓰다듬고 "알겠습니다" 하고 대답한 뒤 여자아이에게 물었습니다.

"성함이 어떻게 되나요?"

"가키누마 나미요."

"가키누마 나미 양. 며칠 동안 보관해드릴까요?"

"1주일."

"알겠습니다. 보관료는 하루 100엔이므로 700엔입니다."

여자아이는 가방에서 토끼 귀가 달린 분홍색 지갑을 꺼내 500엔 동전 하나와 100엔 동전 두 개를 주인의 손바닥에 올려놓았어요.

주인은 손가락으로 동전을 확인하고 말했습니다.

"1주일이 지나기 전에 찾으러 오셔도 돈은 돌려드리지 않습니다. 1주일이 지나도 찾으러 오시지 않으면 보관품은 제 것이 됩니다. 괜찮으신가요?"

여자아이는 "네" 하고 대답하고 가방을 등에 짊어졌습니다.

"잘 다녀와요."

주인이 말했습니다.

그러자 여자아이는 놀란 표정으로 뒤를 돌아보고 한참 주저하다가, 우물거리는 목소리로 "다녀오겠습니다" 하고 인사하고 나갔습니다. 딸랑딸랑 방울 소리가 서서히 작아지더니 사라졌어요.

주인은 받은 종이를 들고 안방으로 들어갔습니다.

보관품을 정리하러 가는 거예요. 따로 장부를 적진 않습니다. 읽을 수 없으니까요. 대신에 기억력이 탁월해서 손님의 이름과 맡긴 물건과 보관 기간을 완벽하게 기억한답니다.

물건을 찾으러 온 손님이 인사하며 가게로 들어오면, 이름을 대기도 전에 목소리만으로 누군지 알고 "야마다 다로 씨지요?" 하고 확인합니다. 이때 대부분 깜짝 놀라지요. 마치 눈이 보이는 것 같으니까요. 손님이 당황한 사이에 주인은 안방에서 보관품을 가져와 건넵니다. 실수한 적은 없어요. 요술을 부리는 것처럼 대단해요.

저는 안방 일은 잘 몰라요. 보관품을 어디에 어떻게 정리하는지 짐작도 안 갑니다.

상상은 해봤어요. 안방은 주인의 머릿속에 있고 수도 없이 많은 서랍이 있어서 그 안에 물건을 넣어두는 거라고요. "가키누마 나미 양" 하고 중얼거리며 서랍을 닫고, 꺼낼 때는 "가키누마 나미 양" 하고 말하면 서랍이 자연히 열려요. 주인은 그런 서랍을 머릿속에 가진 거예요.

주인은 차분한 사람으로, 묘하게 사람을 사로잡는 매력이 있어요. 누구나 주인을 도와주고 싶어 합니다. 서랍 역시 예외는 아니겠지요.

이렇게 말하는 저는 입구에 매달려 그저 한가로이 바람에 흔들흔들 휘날릴 뿐입니다. 그래도 영업 중인지 아닌지 손님에게 알려주는 중요한 역할을 담당하고 있어요. 그래요, 저는 포렴이에요. 주인의 파트너라고 자부합니다.

주인이 안방에서 돌아와 다시 책을 읽기 시작했어요.

주인 혼자 가게를 지키는 이 잔잔한 시간을 좋아합니다.

책을 읽는 모습은 몇 시간이나 지켜봐도 질리지 않아요. 자세가 아름답거든요. 눈으로 글자를 따라갈 필요가 없으니 등이 꼿꼿합니다. 얼굴은 갸름하고 피부는 하얗고 머리카락은 짧고, 선이 곱고 날렵한 턱은 수염을 깎은 자국으로 파릇파릇합니다. 팔은 가늘고 길며 손등에는 우아한 뼈마디가 또렷이 드러나 보여요. 늘 청결한 티셔츠와 마 재질의 긴바지를 입고 있습니다. 맨발이고요. 발이 큼직합니다. 겨울에는 위에 긴 솜옷을 걸치고 털양말을 신지요.

가게 벽시계가 열한 번 울렸어요. 점심시간입니다.

주인이 일어나서 돌바닥으로 내려와 신발을 신고 내게로 아름다운 손을 뻗었어요. 그때, 그 손길을 막는 양 "안녕하세요!" 하고 인사하며 뚱뚱한 여성이 들어왔습니다.

주인은 싱긋 웃으며 꾸벅 고개를 숙였어요.

"아이자와 씨, 늘 고맙습니다."

역시 목소리만 듣고 아네요. 아이자와 씨는 손님이 아니지만요.

"기다렸죠? 이번엔 시간이 좀 걸렸어요."

아이자와 씨는 보자기에 싼 물건을 마루에 툭 내려놓았습니다.

주인이 안으로 들어가려고 하자 아이자와 씨가 "오늘은 차 내오지 마요. 괜찮아" 하고 말렸습니다.

"곧 병원에 가야 해서 서둘러야 해요."

"어디 안 좋으세요?"

주인의 질문에 아이자와 씨는 잠시 망설이다가 이내 후후 웃으며 대답했습니다.

"눈이 조금요. 지난주에 검사했고 결과를 들으러 가는 거예요. 걱정하지 마요. 별일 아닐 테니까."

주인은 아무 말 없이 보자기를 풀어 전화번호부 크기의 묵직한 점자책을 꺼냈어요.

아이자와 씨가 밝은 목소리로 말했어요.

"눈이 보이는 한은 만들 거예요. 그러니까 계속 읽어줘야 해요?"

주인은 겉표지를 넘겨 페이지를 만지면서 물었습니다.

"연애소설이네요?"

"그래요. 장편이어서 어깨가 다 결리더라니까."

"감동적인 이야기인가요?"

"글쎄? 좀 야릇하긴 했어요. 사랑한다는 감정이 새삼 떠올랐거든요. 틀림없이 로맨틱할 거예요. 기리시마 군은 젊으니까 감동할지도 모르지. 모처럼 만들었으니까 꼭 읽어줘요."

"당장 오늘부터 읽을게요."

아이자와 씨는 미소를 짓더니 먼 곳을 보는 아득한 눈빛으로 말했습니다.

"우리 꽤 오랫동안 같은 책을 읽었네요."

"네."

"도서관 책을 처음부터 끝까지 전부 점자책으로 만드는 게 꿈인데, 내 눈이 그때까지 버티지 못할 거야."

아이자와 씨는 갑자기 전기가 훅 꺼진 것처럼 우울한 표정을 지었어요. 보이진 않지만 주인도 느꼈는지 격려하려는 듯 말했어요.

"만약 그런 날이 오면 지금까지 받은 책을 조금씩 빌려드릴게요."

그러자 아이자와 씨의 얼굴에 반짝 전기가 돌아왔어요.

"어머나, 돌려주는 게 아니고? 그것도 조금씩?"

"네, 소중한 책이니까요."

그 말에 아이자와 씨는 눈물을 글썽였지만, 간신히 흘리지 않고 참아냈습니다.

"책이 있으면 안심이네. 이제 두렵지 않겠어요."

아이자와 씨가 가게를 나갔습니다. 주인에겐 보이지 않았겠지만, 아이자와 씨는 웃는 얼굴이었어요.

주인은 손을 뻗어 이번에야말로 나를 떼어내고 돌돌 말아서 벽에 기대 놓은 뒤 유리문을 닫았습니다. 그리고 안으로 들어갔어요.

점심시간인 오전 11시부터 오후 3시까지 주인이 어디에서 뭘 하고 지내는지 저는 모릅니다. 안쪽 방에서 머릿속의 서랍을 정리하고 있을까요? 뒷문으로 나가서 이발하러 갈지도 모르죠.

안에서 뭘 하는지 밖에서 뭘 하는지 저는 전혀 모릅니다. 그래도 이 집에 관해서는 주인보다 훨씬 잘 안다고 자신해요. 왜냐하면 초대 주인 때부터 저는 이 자리에서 이렇게 바람에 날리고 있었거든요.

시작은 화과자를 파는 가게였습니다. 가게 이름은 '과자점 기리시마'였고 간판에도 그렇게 적혀 있었어요. 전쟁이 막 끝나서 아직 설탕이 귀중했을 시기, 장삿속이 뛰어났던 당시 주인은 냉큼 '사토'라는 단어를 물들인 포렴을 만들었습니다.* 기술자에게 부탁할 돈이 없어서 직접 염색했어요. 납결염색**입니다. 주위에선 반대했어요. 너무 **노골적**이잖아요.

그런데 효과가 대단했어요. 새하얀 '사토'에 이끌려 손님이 밀물처럼 몰려들었어요. 살벌한 시대에 단맛은 희망의 빛이죠. 그 빛을 구하려고 의복까지 팔아치운 사람도 있었어요.

2대 주인은 제과를 싫어해서 대학을 졸업하고 회사원이 되었습니다. 천식이 있고 몸도 약한 부인이 대신 가게를 물려받았는데 중간에 어디론가 사라졌어요. 과자점은 문을 닫고 말았습니다.

회사원과 그의 처가 지금 주인의 부모님입니다.

어머니가 사라지고 얼마 지나지 않아 아버지도 이곳을 떠나자, 홀로 남은 아들은 열일곱 살 때 보관가게라는 장사를 시작했습니다.

보관가게.

---

* 일본어로 '사토'는 설탕을 뜻한다.
** 천에 수지와 밀랍을 섞어 녹인 용해물로 모양을 그리고 누른 뒤에 떼어내는 염색법.

기묘한 장사인데, 기묘한 만큼 틈새시장이라고나 할까요? 경쟁자가 없어서 어떻게든 유지하고 있습니다. 그저 보관해달라고 부탁하는 물건이라면 어떤 물건이든 하루에 100엔. 물건을 맡을 때 기간을 정해서 돈을 선불로 받고, 기간이 지나도 가지러 오지 않으면 그 물건은 주인의 것이 됩니다. 팔 만한 물건은 팔고 사용할 만한 물건은 사용하고 처분해야 할 물건은 처분합니다.

전당포와 결정적인 차이점은 '돈을 받고 보관해준다'는 점이에요. 보관하는 행위 자체를 순수하게 일로 삼은 거지요.

눈이 보이지 않는 것도 좋은 쪽으로 작용했어요. 보관품을 읽거나 볼 수 없고 손님의 얼굴 역시 보지 못합니다. 손님 쪽에서는 사생활이 보장되니까 안심하고 물건을 맡길 수 있어요. 지금까지 단 한 번도 트러블이 없었습니다. 조마조마했던 적은 있어도 사달이 난 적은 없어요.

도대체 왜 이런 장사를 시작하게 되었는가 하면, 주인이 열일곱 살일 때였어요. 아, 당시엔 아직 주인은 아니었죠. 가족이 떠나가고 과자점 간판은 사라지고, 저는 돌돌 말려 차가운 돌바닥 구석에 방치되었습니다.

이곳은 기리시마 도오루라는 이름의 눈이 보이지 않는 소년이 사는 평범한 집이었어요.

밤중에 갑자기 유리문을 두드리는 소리가 들려서 도오루 군이 문을 열자, 한 남자가 들이닥쳤어요. 본 적 없는 얼굴이었습니다. 남자는 낮은 목소리로 위협하듯 말했습니다.

"혼자냐?"

"혼자예요."

남자는 좌우를 매섭게 노려보면서 흙이 묻은 신발로 돌아다니다가 저를 짓밟았습니다. 일부러가 아니라 모르고요. 어두컴컴했으니까요. 남자는 신발을 벗지도 않고 성큼성큼 안으로 들어가더니 조용히 물었습니다.

"어두워. 스위치는 어딨지?"

도오루 군은 평소에 불을 켜지 않아요. 기억에 의존해 손을 더듬거려 스위치를 찾아 방을 밝혔습니다. 오래된 전구였나 봐요. 금방이라도 꺼질 것처럼 약한 빛이었습니다.

남자는 안방에 아무도 없는 것을 확인하고 가게로 돌아왔습니다. 그리고 저를 보더니 바닥에서 주워 펼쳤습니다.

남자는 당황한 표정을 지었어요. 자기가 찍은 발자국을 본 거죠. 남자는 저를 툭툭 쳐서 흙을 털더니 말지 않고 벽에 기대어 놓았습니다.

그렇게 나쁜 놈은 아닌가 보다 하고 생각했죠.

밝아져서 침착해졌나 봅니다. 남자는 여전히 신발을 신고 있다는 것을 깨닫고 난폭하게 벗더니, 책상다리를 하고 앉아 도오루 군에게도 앉으라고 명령했습니다.

남자는 그제야 도오루 군의 눈이 보이지 않는다는 걸 깨달은 모양입니다. 뭔가 말하진 않았는데 안심했다고 할까요? 말로 표현하기는 어려운데, 살기가 녹아내린 분위기였습니다.

남자는 신문지로 감싼 것을 도오루 군에게 건넸습니다. 도오루 군은 손으로 형태를 확인하고 깜짝 놀라더니 서둘러 신문지를 펼쳤어요.

그것을 보자 제 공포심은 배로 불어났습니다.

도오루 군은 조심조심 그것을 만지며 감촉과 무게를 신중히 확인했는데, 얼굴에는 호기심만 가득했지 공포심은 엿볼수 없었어요. 설레는 기대감으로 가득한 얼굴이었어요. 남자아이란 몇 살을 먹든 그런 걸 좋아하나 봐요.

"보관해줬으면 좋겠다."

남자가 말했습니다.

저는 속으로 외쳤어요.

당장 꺼지세요!

그런 꺼림칙한 물건을 가져오면 곤란하다고요.

도오루 군은 대답하지 않았습니다. 그러자 남자는 품에서 봉투를 꺼내더니 도오루 군의 가슴에 밀어붙였습니다.

"보관료다. 너 좋을 대로 사용해."

봉투를 받은 도오루 군은 손가락으로 내용물을 확인했어요. 지폐가 들어 있었어요. 열 장쯤 됐습니다.

"서랍이든 장롱이든 지붕 밑이든 어디든 좋아. 너만 아는 곳에 숨겨둬라."

"…."

"부탁한다."

신선한 광경이었어요. 이제껏 도오루 군에게 무언가를 부탁하는 사람은 단 한 명도 없었으니까요. 도오루 군은 망설이는 것 같았습니다.

남자가 계속 말했습니다.

"2주 후에 가지러 오마."

"2주요?"

"그래, 반드시 오겠어. 만약 2주가 지나도 안 오면 네가 가져라."

남자는 거기까지 단숨에 말하더니 멋대로 약속이 성립됐다고 생각했나 봐요. 어휴, 하고 안도의 한숨을 내쉬었습니다. 그러고는 신발을 신고 유리문에 손을 걸쳤어요.

도오루 군이 "성함은요?" 하고 물었습니다.

"다른 사람에게 주면 큰일이니까 만약을 위해서 성함을

알려주세요."

"사나다 고타로."

남자가 대답했습니다.

"사나다 고타로."

도오루 군이 이름을 되뇌는 동안 남자는 사라졌습니다.

기껏해야 15분 사이에 벌어진 일입니다.

그날부터 도오루 군은 변했습니다.

뭐라고 하면 좋을까요? 마치 새롭게 태어난 느낌이었어요. 그때까지는 하루 대부분을 안방에서 보냈는데, 그날부터는 가게로 나와 다다미에 걸레질을 하고 마루에서 라디오를 듣기 시작했어요.

남자에게 물건을 받고서 사흘이 지난 후였어요. 라디오에서 이런 뉴스가 흘러나왔습니다.

"국회의원 상해 혐의로 지명수배 중이던 47세 폭력단원 사나다 고타로를 도쿄만 부두 공원에서 발견해 체포했습니다. 사나다는 범행을 부인했고, 범행에 사용한 총은 소지하지 않은 상태였습니다. 현재 50명을 동원해 해저를 탐색하는 중입니다."

도오루 군은 라디오에 귀를 찰싹 붙이고 들으며 "사나다 고타로" 하고 중얼거렸습니다.

세상에나, 남자는 본명을 댔네요!

도오루 군이 고발하면 총은 경찰로 넘어가 범인을 확정할 중요한 증거가 됩니다. 그런데 왜 이름을 알려줬을까요?

사건입니다. 도오루 군은 서둘러 전화를 걸었어요.

"최대한 빨리 와주세요."

나는 오들오들 떨며 경찰이 오기를 기다렸습니다. 경찰이 가게에 들어온다니, 제 역사상 최고의 드라마입니다.

그런데 아쉽게도 가게에 온 사람은 구청 복지과의 공무원으로, 공적인 서류를 작성할 때 몇 번인가 왔던 사람이었어요. 땀이 많은 중년 남성입니다. 나쁜 사람은 아니에요. 오히려 선량해 보이는 사람이죠. 그래도 저는 시시하다고 생각했어요. 드라마틱과는 정반대인 사람이었거든요.

도오루 군은 사나다 고타로의 '사' 자도 꺼내지 않고 공무원에게 종이를 주고 글을 쓰게 하더니 유리문에 붙였습니다.

'하루 100엔으로 무엇이든지 보관해드립니다.'

그렇게 가게를 열 절차를 밟기 시작했어요. 공무원이 상호를 물어서 '기리시마'라고 대답했습니다.

그날부터 도오루 군은 가게 주인이 되었고 저는 처마에 걸렸어요. 보관가게가 문을 열었습니다. 주인은 제게 '사토'라는 글자가 적혀 있다는 사실을 모르나 봅니다. 포렴에 키가

닿기 전에 시력을 잃었거든요.

지나가는 사람은 '보관해드립니다'라는 문구와 함께 포렴의 '사토'를 보고 '보관가게 사토'로 인식했습니다. 3년 전에 만든 〈아시타마치 곤페이토 상점가 지도〉에도 '보관가게 사토'라는 이름으로 실렸어요.

주인과 손님 사이에 가게 이름이 달라도 전혀 문제없었습니다.

가게는 번창했어요.

모든 사람이 다 그렇지는 않겠지만, 각자 보관해주길 바라는 물건이 있나 봐요. 가족에게 보여주기 싫은 것이나 잠시라도 멀찌감치 떨어지고 싶은 그런 거요.

버릴 결심이 서지 않는 물건에 집행유예 기간을 주는 것처럼 맡아달라는 사람도 있습니다. 버릴 결심이 서면 가지러 오지 않으면 됩니다. 버렸다는 죄책감 없이 끝나요.

히나 인형ひな人形*, 결혼반지, 가발, 베개, 전통술, 유서, 장기판, 바이올린. 납골 단지나 위패도 있었어요.

주인은 물건이 무엇이며 어떤 이유로 맡기는지 전혀 묻지 않았습니다. 감정을 싹둑 잘라낸 것처럼 무조건 받았어요. 마

---

* 매해 3월 3일 여자아이의 무병장수와 행복을 비는 명절 히나마쓰리 때 사용하는 인형.

치 창고나 진열장이 된 것처럼요.

보관가게를 방문한 사람은 크든 작든 어떤 문제를 끌어안고 있어요. 그 문제를 보류하려고 오는 사람들이니 호기심을 봉인한 주인의 방식은 어떤 의미에선 옳고, 그야말로 성의 넘치는 서비스라고 할 수 있죠.

손님 중에는 자세하게 설명하는 사람도 있고, 그냥 수다를 떨고 싶어서 오는 사람도 있어요. 그럴 때면 참을성 있게 들어줍니다.

말하는 도중에 마음이 변해서 그냥 갖고 돌아가는 사람도 있어요. 그러면 요금이 발생하지 않으니 들어주느라 시간 낭비한 셈인데, 주인은 늘 똑같이 차분한 얼굴로 "그럼 조심히 가세요" 하고 배웅합니다.

거북이나 고양이처럼 살아 있는 생명은 어떻게 돌봐야 하는지 주인이 두세 차례 질문합니다. 손으로 만져서 차가운 것은 냉장 보관이 필요한지 확인합니다.

난처하게도 처음부터 버릴 목적으로 갖고 오는 사람도 있어요. 그런 사람은 하루만 맡아달라며 100엔을 내고는 다시 오지 않아요. 요금이 아주 저렴한 대형 쓰레기 처리장인 셈이죠. 텔레비전이나 자전거 따위를 두고 가도 주인은 사용할 수 없어요. 팔 수 있는 것은 자치단체에 연락해서 회수를 부탁합니다. 회수 비용 때문에 적자가 이어진 시기도 있었어요.

병으로 축 늘어진 고양이를 맡은 적도 있어요. 황급히 수의사를 불렀는데 한발 늦었죠. 마지막 순간 고양이는 주인 무릎에 엎드려 크게 휴, 하고 한숨을 쉬었어요. 영혼이 담긴 한숨이었습니다. 차갑게 식어가는 몸을 주인은 가만히 받아냈습니다.

무엇이 오든 주인은 받아들입니다. 그게 일이니까요.

어느 날, 주인은 붙여둔 종이가 사라진 걸 깨달았어요. 테이프로 붙여놨으니 접착력이 약해져서 바람에 날아갔겠지요. 주인은 종이를 새로 붙이지 않았습니다. 덕분에 손님 수는 줄었지만 순수하게 '보관해주길 바라는' 사람만 오게 되었어요.

주인은 이 장사가 퍽 마음에 들었나 봐요. 지금까지 어떻게 살았고 안방에서 어떻게 지냈는지 저는 전혀 모르지만, 이 장사가 주인을 외부 세계와 이어준 것만은 확실해요.

사나다 고타로요?

끝내 나타나지 않았어요. 벌써 10년은 지난 일입니다. 지금쯤 복역을 마치고 정직하게 살고 있을까요? 그 꺼림칙한 물건은 무사히 주인의 것이 되었는데, 팔았는지 지금도 보관 중인지 저는 확인할 방법이 없습니다.

낮에 왔던 아이자와 씨는 주인에게 물건을 맡긴 적은 없어요.

2년 전에 갑자기 가게에 들이닥쳐서 "점자 자원봉사를 시작했는데 읽어줄래요?"라며 책 한 권을 두고 간 것을 계기로 교류가 시작되었어요.

주인은 일곱 살에 시력을 잃고 벌써 20년이나 시각장애인으로 살아왔으니 어둠의 베테랑입니다. 당연히 점자를 읽을 줄 아는데, 책은 항상 인터넷 도서관에서 대출해서 음성 변환기를 이용해 들어요. 주인은 요즘 시대를 사는 똑똑한 청년이라 정보를 입수해 편하게 사는 방법을 아주 잘 알고 있죠.

그런데 오랜만에 읽은 점자책이 사방에 틀린 부분 천지여서 오히려 유쾌했나 봐요. 아이자와 씨가 느닷없이 들고 오는 책을 즐기는 것 같아요.

"아동문학 말고 좀 더 성인용 책으로 부탁해도 될까요?" 이런 주문까지 하게 되었어요. 아이자와 씨가 처음에 가져온 책은 《빨간 머리 앤》이었고 다음이 《집 없는 아이》, 다음이 《닐스의 신기한 여행》이었어요. 다 어렸을 때 읽은 책입니다.

아이자와 씨는 어린 시절에 책을 읽지 않았는지 그 책들이 아동용 책인 줄 몰랐나 봅니다. 굉장히 미안해하며 말했습니다.

"뭐든 지정해주면 점역해올게요."

그런데 주인이 "아니요. 저는 아이자와 씨가 고른 책을 읽고 싶어요" 하고 억지로 밀어붙여서 아이자와 씨의 자원봉사 활동은 책 선별 작업에서 시작합니다. 이게 제일 고생이라고 아이자와 씨가 불평한 적도 있어요.

아이자와 씨는 제가 보기에 50대 중반쯤인데요, 그 나이에 걸맞은 위엄이 부족합니다. 아마 육아를 졸업한 주부겠죠. 남편과 아이를 보살피는 삶에 익숙한 나머지 자기만을 위한 시간을 쓰기가 꺼려져서 봉사 활동으로 시간을 때우는 걸 거예요. 행동거지는 겸손합니다. 주인의 어머니뻘 되는 나이인데, 둘의 모습은 마치 아빠와 딸 같아서 보고 있으면 흐뭇합니다.

벽시계가 세 번 울렸어요. 오후에 문을 열 시각입니다. 주인은 안에서 나와 유리문을 열고 저를 다시 처마에 건 뒤 정해진 자리로 돌아갔어요.

좀 전에 아이자와 씨가 가져온 연애소설을 읽기 시작했습니다. 다섯 페이지에 한 번은 미소를 짓네요. 흐뭇한 이야기일까요? 아니면 아이자와 씨가 또 글자를 틀렸을까요?

저는 바람에 휘날리며 주인이 읽는 이야기를 상상했습니

다. 무대는 바다 건너, 시대는 옛날 옛적. 주인은 왕자님이고 저는 적국의 공주님이라고 상상해봅니다. 수많은 고난을 극복하고 마지막에 하나가 되는 것도 멋지고, 비극적인 사랑으로 끝나는 것도 로맨틱하죠. 상상 속에서도 주인의 눈은 보이지 않습니다. 눈이 보이지 않는 것이 인격의 일부니까 없으면 안 돼요.

어린 시절의 도오루 군은 인형처럼 눈이 또랑또랑하고 피부가 하앴어요. 가게 안쪽에서 우당탕 뛰어나와서 제 아래를 지나갔지요. 덤벙대다가 달려오는 자전거에 치인 적도 있습니다. 무릎이 까져서 울던 얼굴이 지금도 떠올라요. 그때는 걸핏하면 우는 아이였어요.

일곱 살 때 빛을 잃은 순간부터는 우는 모습을 본 적이 없습니다. 빛과 함께 눈물까지 잃어버린 걸까요?

왜 눈이 보이지 않게 되었는지 저는 모릅니다.

당시 도오루 군의 아버지는 회사원이었고 아내, 그러니까 도오루 군의 어머니가 과자점을 운영했습니다. 일하는 직원도 있어서 입방아 찧는 걸 종종 들었는데, 도오루 군의 눈 이야기는 그 누구도 하지 않았어요.

상점가는 차량 진입 금지지만 가게용 차는 오갈 수 있어요.

어느 날, 도오루 군의 어머니가 소형 트럭을 타고 배달하러 갈 때였어요. 가게 앞에서 도오루 군이 칭얼거리며 우는 바람에 어머니가 조수석에 태워주었지요. 소형 트럭이 움직이자 도오루 군이 이쪽을 힐끔힐끔 보던 기억이 나요. 의기양양한 얼굴이었어요. 울먹이는 척해서 차에 탄 거겠죠. 저는 '조심해서 다녀오럼' 하고 속삭이며 두둥실 크게 흔들렸습니다.

그때가 도오루 군의 눈이 저를 본 마지막 순간이었습니다.

며칠인가 지난 후에 도오루 군이 벽에 몸을 의지하고 한 걸음 한 걸음 걷는 모습을 목격했어요. 처음엔 무슨 '놀이'라고 생각했는데, 곧 그게 아니란 걸 깨달았어요.

도오루 군과 어울려 놀던 동네 아이들은 가방을 메고 학교에 가는데 도오루 군은 늘 집에 있었어요. 그러다가 얼마 후에는 모습이 보이지 않았어요. 나중에야 기숙사제 맹인학교에 들어갔단 걸 알았죠.

집에 돌아올 때마다 도오루 군의 키는 무섭도록 자라서 다른 사람이 아닌가 하고 놀라곤 했습니다. 항상 온화한 표정으로 화를 내거나 우는 모습을 보이지 않고 조심스럽게 숨을 쉬는 청년으로 변했어요.

맹인학교에 들어가자마자 가게에서 어머니가 보이지 않게 되었고, 학교를 졸업할 즈음엔 아버지도 사라져서 도오루 군은 혼자가 되었습니다. 그로부터 1년도 지나지 않아 예의 그 남자가 나타났고 가게를 시작했어요.

수상한 남자였지만 그 사건 덕분에 도오루 군이 보관가게라는 일을 떠올린 거죠.

오늘은 아침 일찍부터 손님이 있었으니까 이제 책을 읽는 주인을 지켜보기만 하면 된다고 생각했어요.

시계가 일곱 번 울리고 바깥이 어두워져서 주인이 제게 손을 뻗었을 때, 손님이 한 명 들어왔습니다. 이번에는 사내아이였어요. 중학생일까요? 감색 교복을 입고 손에는 진갈색 여행 가방을 들고 있었습니다.

"보관하고 싶은 물건이 있어요."

기억에 없는 목소리네요.

"여기 앉으세요."

주인이 방석을 권했습니다. 소년은 그 말에 따라 얌전히 운동화를 벗고 마루에 올라갔습니다.

소년은 진갈색 가방을 다다미에 내려놓았습니다. 나이에 어울리지 않게 아저씨들이나 들 법한 가방이었어요.

주인은 가방을 손으로 만지고 살짝 들어 올려서 무게를 확인했지만, 지퍼를 열진 않았습니다. 이것도 늘 하던 방식입니다.

"며칠간 맡아드릴까요?"

"하루."

소년이 대답하더니 쥐고 있던 100엔 동전을 다다미에 놓았습니다.

하루란 소리를 듣고 쓰레기를 버리러 왔다고 생각했습니다. 불량스러운 스타일은 아닌데. 어른을 놀리기 좋아하는 타입일지도 모르죠. 아니면 반항기여서 부모의 소중한 물건을 몰래 훔쳐 곤란하게 할 셈인지도 모릅니다. 전에도 비슷한 일이 있었거든요.

주인은 늘 하던 질문을 했습니다.

"성함은요?"

"몰라요."

모른다니, 무슨 소릴까요?

주인은 잠시 생각하더니 물었습니다.

"어떤 분이 이 가방을 여기에 맡겨달라고 부탁했나요?"

소년은 고개를 끄덕였어요. 보이진 않지만 주인에게도 긍정하는 낌새가 전해진 것 같습니다.

"내일 가지러 오는 사람은 학생인가요?"

"모르겠어요."

"내일 가지러 오는 것까지는 부탁받지 않았군요."

소년은 다시 고개를 끄덕였습니다.

"그분이 오면 실수 없이 전해드리고 싶은데 어떤 분인지 알려줄 수 있나요?"

소년은 기억을 더듬는 듯 고개를 갸웃거리더니 "빨간 옷을 입고 있었어요" 하고 대답했습니다.

아는 사람은 아닌 것 같아요. 길에서 우연히 부탁받았겠죠.

빨간 옷이라. 부탁한 사람은 남자가 아니라 여자일까요? 왜 본인이 직접 오지 않았을까요?

"옷 이외에, 예를 들어 목소리나 말투에 특징은 없었나요?"

"글쎄요."

소년은 고개를 푹 숙이고 자리가 불편한지 꾸물꾸물 몸을 움직였습니다. 용건을 마쳤으니 얼른 나가고 싶겠죠.

주인이 침착한 목소리로 말했습니다.

"그럼 보관해드리겠습니다. 내일 가지러 오시지 않으면 제가 처분할 테니 안심하세요."

주인은 '처분'이라고 말했습니다. 저처럼 내용물이 쓰레기라고 짐작했나 봅니다.

소년은 운동화를 신고 나가려다가 문득 뭔가 생각났는지 뒤를 돌아보고 말했습니다.

"그 사람, 기침을 했어요."

주인은 깜짝 놀라서 뭔가를 되물으려고 했지만, 소년은 훌쩍 나가버렸습니다. 주인은 가방을 무릎에 끌어안고 한참 넋을 놓고 있었습니다.

기침이란 말에 저는 한 여자를 떠올렸습니다. 아마 주인도 같은 여자를 떠올렸겠죠.

주인은 지퍼를 잡아당겨 10센티미터 정도 열었습니다. 보관품을 그렇게 다룬 건 처음입니다. 그만큼 호기심이 생겼겠죠. 그래도 마음을 고쳐먹은 모양입니다. 다시 꽉 잠그더니 가방을 안고 안으로 들어갔습니다.

그날 밤, 주인은 다시 밖으로 나오지 않았습니다. 저는 처마에 걸린 채로 아침을 기다렸어요.

다음 날 아침, 평소처럼 주인은 가게에 나왔습니다.

달라진 점은 없었어요. 개점할 때 반드시 하는 '저를 처마에 거는 작업'을 생략했을 뿐(이미 걸려 있었으니까), 마루 걸레질과 유리 진열장 닦기까지 모두 다 평소와 똑같았습니다.

그리고 연애소설을 읽으며 손님을 기다렸습니다. 다섯 페이지에 한 번 짓던 웃음 없이 딱딱한 표정으로. 제가 그렇게 생각해서 그렇게 보였는지도 모르겠는데 귀를 쫑긋 세운 듯

한 자세였습니다.

분명 '기침하는 빨간 옷의 여자'를 기다리고 있는 겁니다. 저렇게 진지하게 귀를 기울이고 있으면 100미터 너머의 기침 소리까지 들리겠어요.

이렇게 말하는 저도 기다리고 있습니다.

생각해보면 재미라고는 눈곱만큼도 없는 여자였습니다. 남편이 이어야 할 가게를 대신 맡아 꾸리고, 천식 때문에 저녁 무렵엔 기침이 멈추지 않아 괴로워하면서도 우는소리를 하지 않고, 아이를 배고서도 출산 당일까지 가게에 나오고, 아기를 낳고도 2주 후에 가게에 섰습니다. 아기가 목을 가누고는 등에 업어 한순간도 멀리하지 않고 소중하게 키웠습니다.

표정이 없는 사람이었어요. 색으로 예를 들고 싶은데 특정한 색이 떠오르지 않네요. 어떤 인연으로 시집을 왔는지는 모르겠는데, 아내이자 어머니 역할을 마치 임무 수행처럼 해냈습니다.

그녀가 사라졌을 때, 저는 이런 생각을 했어요.

도오루 군이 실명한 원인이 어머니인 그녀의 과실일지도 모른다고요. 확신할 순 없지만, 앞뒤가 들어맞습니다. 소형 트럭을 타고 나갔다가 어떤 일이 생긴 거예요.

제가 아는 한 그녀는 무슨 일에든 신중해서 그날까지 실수를 저지른 적이 없었습니다. 그녀가 실수한 건 딱 한 번인데 만약 그것이 돌이킬 수 없는 실수였다면.

주변 상황이나 사회적인 여파는 모두 받아들이고 견뎠지만, 자신이 저지른 실수만은 극복하지 못했던 것 아닐까요.

그만큼 아들을 사랑했겠죠.

저는 도망친 그녀를 원망할 생각은 없습니다. 언제나 담담하게 역할을 수행하던 그녀에게도 마음이 있었던 거예요. 빨간 옷을 입고 있었다니 그나마 위안이 됩니다. 그녀도 조금은 변한 걸까요.

그날, 주인은 오전 11시가 지나도 저를 떼지 않고 가게를 지켰습니다. 계속 연애소설을 읽으며 손님을 기다리다가 결국 시계가 일곱 번 울었습니다.

저를 떼어낼 때 주인은 원래의 부드러운 표정으로 돌아왔습니다.

빨간 옷의 여자는 나타나지 않았고 진갈색 여행 가방은 주인의 것이 되었습니다.

그로부터 사흘 동안 손님이 없었습니다.

주인은 연애소설을 다 읽어서 예전에 읽었던 책을 다시 펼쳤습니다. 연애소설은 주인의 마음을 사로잡았을까요? 주인의 속내는 오리무중입니다. 이 집에 다른 누군가 한 명 더 살았다면 주인과 그 사람 사이에 대화가 생길 테고, 그걸 실마리 삼아 주인의 마음을 알 수 있을 텐데요.

다음으로 제 아래를 지난 사람은 아이자와 씨입니다.

겨우 나흘 만에 다시 오다니 너무 빠른데요. 지금까지 없던 일입니다. 평소처럼 보자기를 들고 왔습니다. 그런데 보자기의 형태가 달랐어요.

"오늘은 보관해줬으면 하는 게 있어서 왔어요."

그렇게 말한 아이자와 씨는 손님용 방석에 앉았습니다.

주인은 아이자와 씨 앞에 무릎을 꿇고 조심스럽게 보자기를 받아 손으로 형태를 확인했는데, 얼굴에서 웃음기가 싹 사라졌습니다.

"한 달간 맡아줘요. 그럼 3,100엔이죠."

아이자와 씨는 지갑에서 1,000엔 지폐 세 장과 100엔 동전 하나를 꺼내 다다미 위에 놓았습니다.

"요금은 2시 방향에 뒀어요. 보자기는 갖고 갈게요."

눈이 보이지 않는 사람에게 위치를 말할 때는 종종 시곗바늘 방향으로 설명합니다.

주인은 작은 바늘 2시 방향으로 손을 뻗어 돈의 종류와 장수를 확인하고는 100엔 동전은 거들떠보지도 않고 서둘러 보자기 매듭을 풀었습니다. 그쪽이 더 신경 쓰이는 모양입니다.

게를 닮은 형태의 기계가 나타났어요.

아이자와 씨가 말했습니다.

"한 달이 지나도 가지러 오지 않는다면 기리시마 군의 것이 되죠."

주인이 아무 말도 하지 않아서 아이자와 씨 혼자 말했습니다.

"혹시 내 눈을 걱정하는 거예요?"

주인이 고개를 끄덕였습니다.

"아직 보여요. 앞으로 어떻게 될지는 몰라도 괜찮아요."

"그럼 왜 이걸."

"타자기를 졸업하고 컴퓨터를 배워보려고요."

주인의 얼굴이 확 밝아졌습니다.

"점자 변환 소프트웨어라는 게 있다고 해요. 그게 속도도 빠르고 눈도 편하고 실수도 줄어들지 않을까 싶어요. 이 나이를 먹고 새로운 걸 시도하려면 용기가 필요하거든요. 금방 포기하고 싶어질지도 모르잖아요? 손에 익은 타자기로 도망치지 않도록 여기에 보관해두고 한 달간 컴퓨터에 전념할 생각이에요."

"대단하세요."

"이렇게 기리시마 군에게 선언해두는 것도 다 작전이에
요. 포기하지 못하도록 스스로 못을 박는 거죠."

"기쁜 마음으로 보관하겠습니다."

주인은 타자기를 신기해하며 만지작거렸어요. 점자 타자
기는 저도 처음 봅니다. 되풀이해서 말하지만, 진짜 게랑 비
슷해요.

"오늘은 잠깐 내 이야기를 들어줄 수 있을까?"

아이자와 씨가 그렇게 말하더니 힐끔 밖을 내다보았습니
다. 벌써 해가 저물 무렵입니다. 가게를 닫기까지 앞으로 30분
남았습니다.

"포렴을 내릴까요?"

주인이 물었지만 아이자와 씨는 "이대로가 편해요" 하고
대답했습니다. 저를 한패로 끼워준 것 같아서 기뻤어요.

아이자와 씨는 느릿느릿 이야기를 시작했습니다. 그 이야
기는 제가 상상했던 아이자와 씨의 이미지와 전혀 달랐어요.

"나는 오빠가 있어요. 부모님은 잘 기억나지 않아요. 어렸
을 때는 오빠랑 나랑 둘이서 살았어요. 집에 가끔 어른이 들
락거리긴 했는데 누가 아빠고 엄마인지는."

거기까지 말하고 아이자와 씨는 부끄러운지 작게 웃었습니다. 전혀 웃기지 않은 이야기인데도 아이자와 씨는 웃고 있었고, 반대로 주인의 얼굴은 아주 조금 딱딱해졌습니다.

"배가 고프다고 말하면 야단을 맞으니까 오빠 뒤에 숨곤 했어요. 공복 탓에 항상 머리가 흐리멍덩해서 당시 기억은 좀 어렴풋해요. 오빠만 나를 걱정해주고 어디선가 먹을 걸 가져다줬어요."

아이자와 씨는 나직하지만 또렷한 목소리로 말했고 주인은 묵묵히 들었습니다. 고개를 끄덕이지도 않았어요.

"오빠도 나도 초등학교에 들어갔어요. 급식이라니, 꿈만 같았어요. 가만히 있는데도 먹을 수 있었으니까. 식판에 담긴 음식이 전부 내 거고, 천천히 먹어도 남에게 빼앗길 걱정이 없었죠. 그래도 전체적으로 학교는 힘든 곳이었어요. 친구들의 대화를 듣고 평범한 가정이 어떤지 알고 나선 우울하기도 했고."

주인은 여전히 아무 말이 없었고 표정에도 변화가 없었어요. 아이자와 씨도 차분합니다. 솔직히 말해서 저는 동요했어요. 평범하고 안정된 가정에서 자라 평범하고 안정된 가정을 꾸린 사람. 아이자와 씨는 그렇게 보였단 말이지요.

"중학교에 입학하자 오빠는 학교를 그만두고 좀 질 나쁜 조직에서 일하기 시작했어요. 돈이 필요했거든요. 오빠는 자기는 그만뒀으면서 나는 학교를 그만두지 못하게 했어요. 그래서 나, 중학교는 열심히 다녔어요. 고등학교에도 가란 소리를 듣긴 했는데 또래 집단은 영 불편했어요. 내가 평범하지 않다는 사실을 배우러 다니는 것 같아서 견딜 수가 없었거든요."

아이자와 씨가 왜 《빨간 머리 앤》이나 《집 없는 아이》를 갖고 왔는지 겨우 알았습니다. 사는 것만으로도 벅차서 아동문학을 읽을 여유가 없었던 거죠.

"중학교를 졸업하고 집을 나왔어요. 다행히 근처 봉제 공장에 취직했죠. 직장에서 나는 **평범**했어요. 다들 비슷한 처지니까 마음이 편했어요. 동료 셋이 공동주택 한 방을 빌려서 하루 세 끼 잘 챙겨 먹었어요. 꿈만 같은 생활이었지."

저는 포럼이라서 이 세상에 대해서는 잘 몰라요. 그렇지만 가게에 오는 손님들의 이야기를 듣고 꿈만 같은 생활이란 하늘을 날아 저 먼 나라로 가거나 손가락에 반짝반짝 빛나는 다이아몬드를 끼우는 건 줄 알았어요. 꿈도 종류가 참 다양하군요. 아이자와 씨는 당시 진심으로 행복했겠죠. 말하는 표정이 참 편안해요.

"나이를 먹고 하나둘 결혼해서 집을 나가도 나는 그 집에 계속 살았어요. 결혼을 생각한 적은 없어요. 일하고 먹고 어색함 없이 나의 일을 해내고. 이걸로도 충분히 행복했으니까."

갑자기 기분 좋은 바람이 불어 들었어요. 저는 둥실둥실 흔들렸고 아이자와 씨의 머리칼도 사뿐히 흔들렸어요. 주인은 바람을 보는 것처럼 잠깐 바깥으로 고개를 돌렸어요. 물론 바람은 보이지 않습니다. 아이자와 씨 역시 바람은 보이지 않아요. 바람은 평등하네요.

"언젠가부터 오빠와 연락이 어려워졌어요. 자기가 하는 일이 여동생의 미래에 지장을 줘서는 안 된다며 전화번호도 알려주지 않았어요. 그러면서 갑자기 불쑥 나타나서는 좋은 사람은 없는지 묻곤 했어요. 오빠는 내가 가정을 갖길 원했어요. 자기는 꾸지 못할 꿈을 여동생의 삶에서 이루려 했던 거죠. 나는 바보지만 너는 머리가 좋다면서. 오빠는 종종 그런 소리를 했어요."

주인은 웃었어요. 부러워하는 것 같아요. 주인에겐 형제자매가 없거든요.

"지금으로부터 10년 전의 일이에요. 오빠가 불쑥 찾아오더니 나한테 목돈을 줄 수 있다는 거예요. 나는 싫었어요. 오빠가 하는 말이 어떤 의미인지 대충 짐작했으니까. 조직에서 어떤 좋지 않은 일을 맡았고, 성공하면 목돈을 손에 넣는 거

래였겠죠. 그딴 소리, 거짓말일 게 뻔해. 오빠는 세상 무서운 줄 몰라서 철석같이 믿었어요. 나는 돈 같은 건 필요 없다고 설득했지만, 김칫국부터 마신 오빠는 혼수를 챙겨주겠다며 꿈을 꾸는 눈빛으로 말했어요. 말이 되는 소리예요? 그때 난 벌써 마흔 중반의 아줌마였는데? 그래도 오빠에게는 사랑스러운 여동생이니까 뭐든지 해주고 싶은 존재였겠죠."

거기까지 말한 아이자와 씨는 시선을 내리깔고 잠깐 침묵했습니다. 숨이 찼나 봐요.

주인은 온화한 표정으로 이어질 말을 가만히 기다렸습니다. 조용한 시간이 흘렀어요. 맞장구를 칠 필요 없는 부드러운 공기입니다.

이윽고 산소를 충분히 보충한 아이자와 씨가 다시 입을 열었어요.

"공장 점심시간이었어요. 도시락으로 싸 간 주먹밥을 먹고 있는데 텔레비전 뉴스에, 갑자기 말이야, 오빠의 사진이 떴어요. 새하얀 글자로 용의자라고 적혀 있었죠. 놀랐어요. 높은 사람에게 총을 쏴서 다치게 했다지 뭐예요. 다행히 생명에는 지장이 없었는데 오빠는 결국 상해죄로 체포됐어요."

주인의 눈썹이 꿈틀 움직였어요.

말도 안 되는 전개입니다. 다음 이야기가 너무 궁금해요.

"나는 머리털 나고 처음으로 재판을 방청했어요. 다른 사람은 모두 오빠의 적으로 보여서 적어도 뒤에 앉아서 어떻게든 힘을 실어주고 싶었어요. 그런데, 나는 없는 거나 마찬가지였어요. 증거가 전혀 없는데 마치 컨베이어 벨트에 오른 것처럼 일이 착착 진행됐어요. 조직의 명령이었는데 오빠 혼자 저지른 범죄가 되고 말았어요. 순식간에 형기가 정해졌어요. 금고 5년. 오빠는 항소하지 않고 그대로 복역했어요. 아마 오빠는 법정에서 들은 말을 이해하지 못했을 거예요. 중졸인 나도 무슨 말인지 몰랐으니까요."

주인은 입술을 깨물었습니다. 제게도 만약 입술이 있다면 그렇게 했을 테지요. 아이자와 씨는 가방에서 손수건을 꺼내 목덜미에 댔습니다. 한참 말해서 땀이 났나 봐요. 아쉽게도 바람이 불지 않았습니다. 지금이야말로 불어야 할 적절한 때인데 바람은 제멋대로라 타이밍을 몰라요.

"난 매일 기도했어요. 오빠가 다치게 한 사람이 회복하기를. 건강해져서 일에 복귀했다는 소식을 듣고 조금은 용서받은 기분이 들어서 오빠를 면회하러 갔어요. 딱 한 번이요. 오빠는 내가 교도소에 들락거리는 걸 싫어했어요. 그래도 만나러 가면 조금은 기뻐하는 것 같았어요. 아마 조직은 오빠에게 살인을 명령했겠죠. 오빠는 죽이지 못했어요. 상냥한 사람이니까 그럴 수밖에. 오빠에게 피해자가 회복했다고 말해줬어요. 그랬더니 오빠가 눈물을 뚝뚝 흘리며 이렇게 어리석은 오빠라 미안하다는 거예요."

아이자와 씨는 말을 멈추고 연신 눈을 깜박였어요. 눈물을 참는 것 같아요.

"한참 뒤에 오빠는 고개를 들고 희망에 찬 눈으로 이렇게 말했어요. 여기 오기 전에 좋은 녀석을 만났다고, 여길 나가면 만나러 가겠다고. 나는 불안한 예감이 들었어요. 또 누군가에게 이용당했다고 생각했어요. 친절하게 대하는 사람에겐 다 속셈이 있어요. 어디 사는 누군지 묻자 아시타마치 곤페이토 상점가 서쪽 끄트머리에 있는 '사토'라는 가게라고 알려줬어요."

주인은 어리둥절한 표정을 짓고 "사토?" 하고 되물었습니다.

"네. 오빠는 그렇게 말했어요. 뭘 파는 가게인지는 모르겠는데 포럼에 '사토'라고 적혀 있었대요. 히라가나여서 읽을 수 있었겠죠. 여기에 걸린 저 포럼이 틀림없어요."

주인은 제게로 고개를 돌렸습니다. 보이지 않는 눈으로 저를 가만히 바라보았어요. 이제야 드디어 제게 적힌 글자를 깨날았군요! 그런데 지금 중요한 건 그게 아니죠.

"오빠는 거기 사는 꼬마에게 귀중한 물건을 맡겼다고 했어요. 녀석이 배신하지 않고 약속을 지켜줬다면서 굉장히 기뻐했어요."

아이자와 씨는 기뻐하던 오빠의 얼굴을 떠올렸는지 참지 못하고 눈물을 지으며 손수건을 눈가에 댔어요.

"임무를 마치지 못했으니 조직에 돌아갈 수 없었고 경찰에게 쫓기다 겨우 도망친 가게가 뜻밖에도 따뜻한 곳이어서 오빠의 마음을 달래줬던 거예요. 그렇게 행복한 표정을 지은 오빠의 얼굴은 처음 봤어요. 속고 속이는 게 당연한 세계에서 살았으니까 약속을 지켜준 게 정말 기뻤나 봐요. 그런데 오빠는 형기를 마치지 못하고 옥중에서 죽었어요."

어?

"어려서부터 제대로 먹지 못해서 몸이 엉망진창이었거든요."

뭐라고요?

제게 들러붙은 흙을 필사적으로 털어주었던 남자가 이미 죽었다고요?

나타나지 않은 것이 당연했군요.

저는 동요해서 무심코 덜컹덜컹 흔들렸습니다. 아이자와 씨는 어리둥절한 표정을 지었어요. 바람도 안 부는데 포렴이 흔들리니 누군가가 훔쳐보고 있다고 생각했겠죠.

주인은 골똘히 생각에 잠겨 아이자와 씨를 바라보았습니

다. 물론 눈으로 보진 못하죠. 마음으로 봤어요.

아이자와 씨가 말을 이었습니다.

"무덤을 마련하지 못해서 유골은 일단 내 아파트로 가져왔어요. 뼈가 되어서야 겨우 남매끼리 같이 살게 되다니 참 우스운 소리죠. 나는 매일 아침 합장하고 오빠를 생각했어요. 어려서 손을 맞잡고 걷던 길, 우리 집에 불쑥 나타나서 민망한 표정으로 건네주던 용돈, 그리고 아시타마치 곤페이토 상점가의 '사토'. 거기에 소중한 물건을 맡겼다는 말은 오빠의 유언이었어요. 나는 오빠보다 세상을 잘 아니까 평범한 사람이 얼마나 잔인한지 알아요. 유품이 있긴 할까, 있더라도 돌려줄까, 의심했죠."

저는 조마조마했어요. 유품이란 예의 그것입니다. 정말 무서운 물건이고, 아마 이제 여기엔 없겠죠.

"3년이 걸려서 겨우 무덤을 마련했어요. 보관함 형식의 작은 무덤이긴 하지만. 유골을 안치하고 나니 아파트가 너무 넓고 텅 빈 것 같아서 쓸쓸했어요. 그러더니 갑자기 오빠의 유품을 내 눈으로 보고, 갖고 싶다는 생각이 들었어요. 우선 상점가를 찾아 그 가게가 존재하는지 확인했어요. 가게 주인의 눈이 불편하다는 설 알고 좋은 생각이 떠올랐죠. 공장 동료 중에 있었거든요. 눈이 불편한 사람 대신 쇼핑을 해주거나 요리를 도와주는 사람이. 다른 사람 집에 떳떳하게 들어갈 수 있다니 대단하다고 생각했어요.

나는 점자 자원봉사자인 척하며 접근하는 작전을 세웠어요. 우선 무료 점자 강좌를 듣고 만드는 법부터 배웠어요. 점자 동아리가 있거든요? 거기서 타자기를 빌려서 연습했어요. 컴퓨터가 보급되면서 타자기를 처분하는 사람이 많아져 중고를 싸게 살 수 있었죠. 그렇게 1년이 걸려 책 한 권을 점역했어요. 중졸에 책을 제대로 읽어본 적도 없는 내가 점자 번역이라니 쉽지 않은 작업이었죠. 그래도 그 작업이 나를 변화시켰어요. 한 글자 한 글자 점역하다 보니 유품 따위 아무래도 상관없어졌죠. 그냥 오빠가 마지막 순간까지 믿었던 사람과 만나고 싶었어요. 오로지 그 생각만 하면서 기리시마 군에게 책을 건넨 거예요."

주인이 조용히 물었습니다.

"사나다 고타로?"

아이자와 씨는 "맞아요" 하고 대답했습니다.

"거짓말해서 미안해요. 나는 아이자와가 아니라 사나다 사치코라고 해요. 얼굴도 모르는 부모지만, 오빠 이름에도 내 이름에도 행복이라는 한자를 넣어주었어요.＊"

아이자와 씨…가 아니라 사치코 씨는 등을 둥그렇게 말고 고개를 푹 숙였습니다. 주인의 무릎 위에서 죽어간 고양이가 떠올랐어요.

주인은 웃으며 말했습니다.

"유품을 드릴게요. 유족이시니까요."

사치코 씨는 깜짝 놀라 주인을 보며 등을 쭉 폈습니다.

주인은 안쪽 방으로 사라졌습니다.

그 뒤숭숭한 물건을 처분하지 않았다니…. 저는 복잡한 기분이었어요. 그걸 보면 사치코 씨가 어떤 표정을 지을지 걱정이에요.

주인을 기다리는 동안 사치코 씨는 게를 쏙 빼닮은 타자기를 아쉬운 듯이 만졌습니다. 너무 아쉬워해서 저 사람 눈이 정말 괜찮은지 그것도 걱정됐어요. 어쩌면 그다지 안 좋을지도 몰라요. 고치려면 어려운 수술이 필요한데 비싼 치료비를 감당하지 못하는 상황이면 어쩌죠? 유품을 눈으로 확인할 마지막 기회라고 생각해서 왔는지도 모릅니다.

이대로 그녀가 가게에 오지 않는다면.

상상만 해도 쓸쓸합니다. 사치코 씨와 주인의 대화나 손가락으로 책을 읽는 주인의 모습, 그 모든 것이 제게는 소중

---

* 고타로후 太郎와 사치코후 子에는 행복하다는 의미의 '다행 행幸' 자가 들어간다.

한 일상 풍경입니다.

드디어 주인이 돌아왔습니다. 어라? 왜죠? 진갈색 여행 가방을 안고 있습니다. 빨간 옷의 여자가 소년을 통해 맡긴 그 가방입니다.

주인은 소중히 가방을 끌어안고 한동안 묵묵히 앉아 있었지만, 결심했는지 사치코 씨 앞에 내려놓고 산뜻하게 말했습니다.

"이걸 언젠가는 여동생분께 전해주겠다고 오라버님께서 말씀하셨어요."

저는 경악했어요. 그건 사나다 고타로의 유품이 아닙니다.

100엔으로 맡아서 주인의 것이 된 가방입니다.

애초에 사나다 고타로는 여동생에 대해선 단 한마디도 안 했다고요.

주인이 왜 저런 거짓말을 하는 거죠?

사치코 씨는 떨면서 가방 지퍼를 열더니 작게 비명을 질렀습니다. 안에는 지폐가 잔뜩 담겨 있었어요.

아아, 무슨 짓을!

주인이 이상해졌어요.

말할 수 있다면 말해주고 싶어요.

그건 당신 거잖아요!

집을 나간 어머니가 필사적으로 모은 돈입니다. 어떤 심정으로 그렇게 많은 돈을 모았겠어요? 죽을 만큼 고생했을 거예요. 그걸 남에게 주다니, 왜죠?

주인의 표정에 망설이는 빛은 없습니다. 상쾌해 보여요.

늘 멋있는 주인이지만, 지금은 반짝반짝 빛납니다.

그 얼굴을 보고 있자 조금은, 아주 조금은 이해할 것 같았어요. 주인은 어머니의 마음을 받아서 충분히 만족했습니다. 만족감은 남에게 나눠줄수록 더 커지는 거예요.

저는 보고 있으면서 보지 못했습니다.

주인의 끝없는 어둠과 고독을.

아마 가방이 그것들을 떨쳐주었겠죠.

그러니까 이제 필요 없는 겁니다.

사치코 씨는 홍조를 띠고 한동안 돈을 노려보다가 곧 주인을 의심스러운 눈초리로 바라보았습니다. 물론 보지 못한 주인은 명랑한 목소리로 말했어요.

"타자기는 보관해드리겠습니다. 컴퓨터를 배워서 또 점자책을 들고 와주세요."

사치코 씨는 안쪽을 바라보았습니다. 깜깜해서 아무것도 보이지 않아요. 이 가게 안도 가로등 덕분에 어렴풋하게 보이는 정도입니다.

사치코 씨는 지퍼를 닫고 "그럼 또" 하고 짧게 인사하고 나가버렸습니다.

주인은 일어나더니 저를 처마에서 내려 돌돌 말아 세워 놓았습니다. 그런 뒤 반짝이는 게를 품에 안고 안으로 들어갔어요.

다음 날 아침, 딸랑딸랑 소리와 함께 책가방을 멘 여자아이가 찾아왔습니다. 그때처럼 딱 아침 8시에요.

"안녕하세요."

여자아이가 인사하자 주인은 "어서 오세요, 가키누마 나미 양이죠?" 하고 웃으며 맞아주고, 잠시 기다려달라고 하고 안으로 사라졌습니다.

여자아이는 마루 끝에 걸터앉았습니다. 책가방은 무릎 위에 올려놓고요.

주인이 돌아와서 보관품인 '종이'를 여자아이에게 건넸습니다. 여자아이는 종이를 가방에 넣었어요.

딸랑딸랑 소리가 울리네요. 여자아이가 가방을 어깨에 메고 주인의 얼굴을 보며 말했습니다.

"다녀오겠습니다!"

참 싹싹하고 낭랑한 목소리네요. 주인은 웃는 얼굴로 "잘 다녀와요" 하고 말했어요.

여자아이는 야무진 발걸음으로 나갔습니다.

주인은 다시 독서를 시작했습니다.

아이가 맡긴 종이는 낮은 점수를 받은 시험지일까요, 작문 용지일까요, 편지일까요? 어쩌면 백지였을지도요.

여자아이는 또 가게에 올까요? 처음 왔을 때보다 훨씬 밝아진 느낌이었습니다. 이제 안 올지도 모르고 어쩌면 또 올지도 모르죠.

아이자와 씨, 그러니까 사치코 씨는 한 달 후에 타자기를 가지러 올까요, 아니면 이대로 사라질까요, 어떻게 될까요?

그리고 빨간 옷의 여자는 언젠가 여기로 돌아올까요?

저는 모릅니다. 분명 주인도 모르겠죠.

있을지 없을지 모르는 가능성을 위해 주인은 여기에서 기다립니다. 보관가게는 기다림이 일이니까요.

이곳은 모두가 돌아올 장소입니다.

언제까지나 변하지 않고 기다려주는 장소입니다.

미 스 터 크 리 스 티

내 위에는 아무것도 없다.

내 아래에는 모든 것이 있다.

나는 천장에 매달려 있으니까. 이러고 싶어서 이러고 있는 건 아니다. 태어났을 때부터 계속 매달려 있다.

아래에는 자전거가 어깨를 나란히 하고 있다. 신상이라 다들 반짝반짝 때깔이 좋고 적절한 금액의 가격표가 붙어 있다. 레드, 블루, 그린, 골드, 실버. 형형색색이다. 옐로와 블랙도 있다. 벌러덩 드러누운 고얀 놈 없이 다들 똑바로 서 있다. 나처럼 매달려 있는 녀석은 한 대도 없다.

여기는 자전거 가게다. 세계 제일의 규모를 자랑하는 가게라고 한다. 전 세계를 직접 보고 확인한 건 아니다. 어쨌든 나는 1년 내내 천장에 매달려서 아래에 펼쳐진 세계를 지켜보기만 할 뿐 건드리지는 못한다. 내게 보이는 세계는 이 자전거 가게 안과 창 너머로 보이는 경치가 전부다.

자전거 가게 주인아저씨의 말에 따르면 '이제 이 정도로 규모가 큰 자전거 가게는 없다'고 한다. 손님 대부분은 그 말에 "아무렴, 그렇지요" 하고 수긍한다. 그러니 세계 제일의 가게는 확실한 정보다.

창문은 넓다. 굉장히 넓다. 가게 정면은 위에서 아래까지 전부 창문이다. 창 너머에 큰 도로가 있고 버스와 트럭이 쌩쌩 달린다. 자전거도 보인다. 밖을 달리는 자전거는 아래에 나란한 자전거처럼 반짝이지는 않아도 싱그럽다. 외모가 아니라 영혼이 빛난다. 내게 달리는 자전거란 눈부신 존재다. 천장에 대롱대롱 매달린 것보다 몇 배는 멋있다.

주인아저씨는 손님에게 이렇게 말한다.

"요즘은 슈퍼나 홈 센터에서도 자전거를 팔죠. 냄비나 이불 옆에서 자전거를 판다고요. 그런 것들은 저렴합니다. 그러니 손님은 거기서 사죠. 그런데 그걸 타보세요. 그러고 나서 우리 것과 비교해보세요. 승차감이 전혀 달라요. 자전거는 말이죠, 조립이 중요합니다. 조립하는 데도 비법이 있어요. 우리 같은 프로가 조립해야 자전거가 지닌 진정한 힘이 최대한으로 발휘됩니다. 조립하는 작업을 소홀히 하면 안 됩니다. 인터넷으로 사서 직접 조립하는 사람도 있는데, 어지간한 자전거 마니아도 쉽지 않아요. 이쯤이면 됐다고 타협하는 건 진정한 자전거를 타본 적이 없어서예요. 제대로 된 회사가 제조하는 것도 중요하지만, 제대로 된 조립 기술이 받쳐줘야만 진정한 자전거가 만들어집니다. 아셨죠, 손님. 자전거를 오래 쾌적하게 타고 싶으면 속았다고 생각하고 여기서 사보세요."

손님은 감탄하며 끄덕이지만 "그럼 이걸 주세요"라고 말하는 사람은 드물다. 이 자전거 저 자전거를 한참 구경한 끝에 "그럼 또 올게요" 하고 가버린다. 그래놓고 다시 온 적은 없다.

자전거가 거의 팔리지 않아도 주인아저씨는 분주하다. 자전거는 바퀴에 구멍이 나고 브레이크가 고장 나는 법이다. 그렇게 망가진 애들이 여기로 온다. 수리, 수리, 수리. 주인아저씨의 주된 업무다.

망가진 자전거를 들고 온 사람에게 주인아저씨는 말한다.

"3개월 전에 샀다고? 저 역 앞 슈퍼에서 샀죠? 조립할 때 여기, 자, 이쪽이 허술했네요. 그러니까 괜히 부하가 걸려서 상태가 나빠지는 겁니다. 다음에 자전거를 살 때는 자전거 가게에서 사세요. 조립만 제대로 하면 쉬이 망가지지 않아요.

조금 비싸도 수리비를 먼저 낸다 생각하고 자전거 가게에서 사는 게 좋아요."

손님은 진지하게 고개를 끄덕이고 멀쩡해진 자전거에 만족한다. 정말 귀중한 이야기를 들어서 좋았다며 웃는 얼굴로 돌아가지만, 그 손님이 다시 오는 일은 없다. 주인아저씨의 실력이 지나치게 뛰어나서 완벽하게 고치니까 쉽게 망가지지 않고, 또 고장이 나더라도 몇 년 후니 수명이 다 됐다고 생각해 새로 산다.

그래도 주인아저씨는 자전거 가게의 자존심을 걸고 자전거를 완벽하게 고친다. 주인아저씨가 진정한 자전거 장인이기 때문이다. 나는 주인아저씨 손의 온기를 알고 있다. 내가 막 완성됐을 때 "좋아" 하고 만족스럽게 말하면서 안장을 두드렸다. 그리고 자랑스럽게 천장에 매달았다. 가끔은 내려서 손질해준다. 그때마다 나는 생각한다. 나를 사줄 사람은 아마 없을 거다. 그러니까 차라리 주인아저씨의 자전거로 해줬으면.

주인아저씨에게 자전거 장인으로서의 자존심이 있듯이 내게는 자전거로서의 자존심이 있다. 이렇게 매달린 채로 끝나긴 싫다. 도로를 쌩쌩 달리고 싶다. 어떤 기분일까?

그날은 맑았다.

유리문이 열리고 손님이 들어왔다. 양복에 넥타이를 맨 신사와 중학생으로 보이는 소년이었다. 소년은 감색 교복을 입었고 머리카락은 다갈색으로 푹신푹신해 보였다. 곱슬머리다. 피부는 하얗고 몸은 여자아이처럼 말랐다.

"어느 게 좋니?" 신사가 소년에게 물었다.

자전거 가게 주인아저씨는 손님이 와도 냉큼 말을 걸지 않는다. 일단은 손님이 자유로이 둘러보는 것이 중요하다고 생각한다. 덥석 말을 걸면 손님은 경계해서 나가버린다. 손님을 한동안 내버려둔다. 이것이 주인아저씨의 방식이다.

손님은 대부분 자유롭게 둘러본 후에 자기가 먼저 질문한다. 그러면 주인아저씨는 친절하게 대답한다. 그럼에도 결국엔 사는 사람이 없으니 그냥 얼른 말을 걸어서 내쫓으면 될 텐데. 나는 그렇게 생각한다.

그래도 주인아저씨에게 자전거는 그저 상품이 아니라 작품 혹은 자식 같은 존재니까 남이 봐주기만 해도 기쁠 것이다.

양복 신사가 "이런 건 어때?" 하며 눈앞에 있는 그린 자전거의 안장을 툭툭 두드렸다. 눈썰미가 제법 뛰어나다. 그 녀석은 일제 최신 모델로 인기가 좋다. 우리 가게에선 한 대도 팔리지 않았지만 도로를 달리는 모습을 자주 본다.

"어때? 멋있지. 16단 변속이라니. 대단하구나. 아빠가 어렸을 때는 2단만 해도 충분히 최신이었는데."

아빠라. 그렇구나. 이 사람들 부자 관계네.

소년은 핸들을 잡고 가격표를 힐끔 보더니 우울한 표정을 지었다. 그러더니 옆의 그린 자전거 핸들을 잡고 이어서 블루 자전거 핸들을 잡아보더니 빙그르르 전부 둘러본 후 옐로 자전거에 시선을 주었다.

그리고 기어들어가는 목소리로 말했다.

"이거는 어때?"

신사가 소년의 어깨를 두드렸다.

"가격 때문에 그래? 바보구나, 쓰요시는. 평소에 네가 많이 고생하잖니. 오늘은 괜찮아, 가격 따위 신경 쓰지 마. 고등학교 입학 선물이잖아. 아빠는 비싼 걸 사주고 싶어."

"그래도."

"아빠 정말 기쁘다. 우리 아들은 정말 대단해. 일류 고등학교에 게다가 공립이라 학비도 저렴하고. 이런 효도도 없어. 학교에 자전거 타고 다닐 거지? 멋진 놈을 타지 않으면 친구들이 바보 취급할 거야. 여자 친구도 안 생긴다."

쓰요시라고 불린 소년은 "응" 하고 대답했다.

"엄마한텐 아빠가 잘 말해둘 테니까 신경 쓰지 말고."

신사가 말했다. 그러자 쓰요시가 얼굴을 붉히며 말했다.

"엄마한텐 말하지 마. 내가 잘 설명할게."

신사는 "알겠다" 하고 말하며 쓰요시의 머리에 툭 손을 올렸다. 마치 유치원생을 대하는 것 같다. 응석도 정도껏 받아 줘야지.

그때 밖에서 배추흰나비가 홀쩍 들어왔다.

쓰요시도 신사도 배추흰나비를 눈으로 좇았다. 배추흰나비는 팔랑팔랑 펄럭펄럭 술에 취한 사람처럼 헤맨 끝에 하필이면 내 오른쪽 핸들에 앉았다.

쓰요시도 신사도 그제야 날 깨달았는지 이쪽을 가만히 쳐다보았다. 눈 두 쌍의 주목을 받으며 나는 의기양양하게 반짝거렸다.

쓰요시가 나를 가리켰다.

"아빠, 저거."

거기까지 말하고 쓰요시는 잠깐 주저하다가 곧 똑똑히 말했다.

"나 저 물빛 자전거가 좋아."

그러자 자전거 가게 주인아저씨가 말을 걸었다.

"저건 크리스티라고 합니다. 희귀한 모델이죠."

신사가 주인아저씨를 돌아보며 물었다.

"크리스티? 들어보지 못했는데. 회사가 어디죠?"

주인아저씨가 둘에게 다가가 설명했다.

"회사 자체는 소규모입니다. 세계에서 가장 규모가 큰 회사의 톱 디자이너였던 남자가 아내가 세상을 떠난 것을 계기로 회사를 그만두고 10년 동안 잠적했다가 5년 전 오랜만에 자전거를 만들었어요. 개인 경영이라 대수는 적지요. 저건 그 최초 모델입니다. 아내의 이름을 붙였지요. 그 후에 새로운 모델을 발표했는데, 저 모델 한 대가 기쁘게도 저희 가게에 들어왔어요."

신사와 쓰요시는 눈을 빛내며 이야기를 들었다. 내 경력에 만족한 것 같다. 자전거 가게 주인아저씨가 계속 말했다.

"저 모델은 현재 일본에 딱 한 대입니다. 형태가 아름답지요?"

"파는 자전거는 아닌가요?"

"파는 물건이지만, 가격은 좀 나갑니다."

그렇게 대답하며 주인아저씨는 계산기를 두드려 신사에게 보여주었다. 신사는 휙 휘파람을 불었다.

"정말 좀 비싸군요."

신사는 미간을 찌푸리고 팔짱을 끼더니 쓰요시를 보았다. 그러자 쓰요시는 시선을 피하며 "나, 괜찮아" 하고 중얼거렸다.

그러자 신사가 피식 웃었다.

"저걸로 주세요."

그 순간 쓰요시는 부친을 번쩍 올려다보며 뺨을 빨갛게 물들였다.

기뻐한다. 정말 진심으로 기뻐하고 있다.

그런 경위로 나는 천장에서 내려와 사사모토 쓰요시라는 열다섯 소년의 것이 되었다. 자전거 가게 주인아저씨는 쓰요시의 체형에 맞춰 나를 섬세히 조정하고, 기름을 뿌리고, 먼지 한 톨 남지 않게 마른 천으로 닦아 번쩍번쩍한 상태로 쓰요시에게 넘겼다.

마지막으로 자전거 가게 주인아저씨가 쓰요시에게 말했다.

"혹시 문제가 생기면 꼭 우리 가게로 가져오렴."

"문제라뇨?"

"부딪히면 상처가 생기지? 그대로 내버려두면 녹이 퍼지거든. 편하게 가져와. 제대로 수리해줄 테니까."

쓰요시는 고개를 끄덕이며 나를 끌고 가게를 나서려고 했다. 그러자 주인아저씨가 또 말을 걸었다.

"공기주입기가 없으면 우리 가게에서 넣으면 된다. 종종 들러서 상태를 보여주렴."

주인아저씨는 어딘가 숙연했다. 잔뜩 벌었으니 좀 기뻐하면 좋을 텐데.

가게를 나서자 나는 태어나서 처음으로 바깥 공기를 맡았다. 상쾌하다. 쓰요시는 자랑스러운 얼굴로 내 핸들을 잡고 올라탔다.

"고맙습니다, 아빠."

쓰요시의 말에 신사는 웃으며 한 손을 들어 보이더니 가게 앞에 세워둔 자동차에 탔다. 자동차는 크고 까맣고 빛이 났다. 시동이 걸렸다. 자동차는 천천히 대로로 나가 경쾌하게 클랙슨을 빵빵 울리더니 붕붕 속도를 올려 멀어졌다.

나는 놀랐다.

아버지와 아들이니까 당연히 같이 돌아간다고 생각했다. 아, 그런가. 아버지는 일하러 갔겠지. 어른에게는 회사가 있고 아이에게는 학교가 있다. 그걸 깜빡하면 쓰나.

어쩔 수 없는 것이, 나는 가게에서 한 발짝도 나간 적이 없어서 세상 물정에 어둡다. 주인아저씨가 일하면서 틀어놓은 라디오로 조금은 사회를 파악했다고 생각했는데, 결국 실제 경험이 없는 지식에 불과하다. 이를테면 지구는 둥글다고 알고 있다. 즉, 계속 달리면 원래 있던 곳으로 돌아온다는 것은 아는데 얼마나 시간이 걸려야 돌아오는지는 모른다.

앞으로 수도 없이 '어럽쇼?' 하고 놀랄 일이 생기겠지만,

내 경험이 부족한 탓이지 이 세상이 틀린 것은 아니다.

뭐든지 받아들이고 매일 공부해야겠다.

그리고 달렸다.

태어나서 처음으로 달렸다.

쓰요시는 운전 솜씨가 뛰어났다. 나는 쓰요시와 함께 도로변을 쌩쌩 달렸다. 늘 동경만 했던 달리고 싶다는 꿈. 그게 이루어졌다. 아스팔트가 기분 좋다. 돌아가는 바퀴가 기분 좋다. 바람을 느낀다. 바람은 물빛이다. 왠지 그런 느낌이다. 나도 물빛이다. 나와 바람은 하나가 된다. 달리는 건 최고다. 이건 상상 이상이다. 아아, 뭐라고 표현하면 좋을까? 적절한 말이 떠오르지 않는다.

나는 지금 빛나고 있다. 지금까지 인생 중에서 가장 빛나고 있다.

영혼이 반짝반짝한다!

쓰요시가 느끼는 기쁨도 나처럼 대단했다. 핸들을 꼭 잡은 손바닥 너머로 저릿저릿 느껴졌다.

쓰요시는 나를 좋아한다. 나도 쓰요시를 좋아한다. 평생 둘이서 살아가야지. 바람 속을 달리며 맹세했다.

한참 달리던 쓰요시가 멈췄다. 내게서 내려 끌면서 걸었다. 지쳤나? 이상한 길로 접어들었다. 상점가라는 곳이었는데, 소문에 듣던 대로 자전거나 자동차가 달리면 안 되는 곳이었다. 자전거 몇 대와 스쳤다. 다들 커다란 짐을 싣고 있거나 아이를 태우고 사람의 손에 끌려가고 있었다.

둘러보니 나처럼 멋진 자전거는 없었다. 다 엄마들이 타는 자전거처럼 바구니가 달린 고리타분한 녀석들이다. 나는 빛을 마음껏 발산하며 쓰요시의 손에 이끌려 상점가를 걸었다.

혹시 쓰요시가 자랑하고 싶은 걸까? 고리타분한 자전거들은 나를 보자 "오오!" 하고 감탄했다.

하하하, 내가 이겼다!

이유는 모르겠는데 왠지 이긴 기분이었다.

상점가 길은 좁다. 난폭하고 꼬장꼬장한 자전거에 부딪힐 뻔해서 섬뜩했다. 커다란 짐을 실은 자전거에게 "수고하시네요" 하고 인사하자 "이야, 총각. 멋진데" 하는 소리를 들었다.

나는 멋지다. 응, 나도 그렇게 생각해. 그냥 멋있는 게 아니다. 도로를 달렸다고. 진짜로 멋지다. 만족스럽다.

한참 걷던 쓰요시는 쪽빛 포럼 앞에 멈춰 서서 안을 살피며 우물쭈물하다가, 곧 나를 데리고 포럼 아래를 지났다. 쇼핑이라도 할 생각인가?

가게는 자전거 가게보다 훨씬 좁았다. 깨끗하게 닦인 유리 진열장. 높은 마루에 청결한 남자가 앉아 있었다.

"어서 오세요."

남자가 말했다.

자전거 가게 주인아저씨와는 완전히 다르다. 품격이 다르다. 저 남자는 품격이 고급이다. 남자의 눈은 연한 회색으로 유리처럼 투명했다. 어디를 보는지 짐작이 안 갔다. 가게에 이 남자뿐이니까 아마도 가게 주인이겠지.

쓰요시는 선 채로 말했다.

"자전거를 보관해주실 수 있나요?"

이건 또 뭐야!

나는 쓰요시와 함께 쓰요시의 집으로 돌아가는 줄 알았는데.

당연하잖아. 자전거는 보통 집에 두는데. 물론 집이라고 해도 집 안은 아니고 마당이나 창고겠지만. 집이랑 가까운 곳에 두지 않으면 불편하잖아. 게다가 아버지는 어쩌고? 회사에서 퇴근했는데 자전거가 없으면 "크리스티는 어딨지?" 하고 당황하지 않을까?

아니면, 뭐야. 내가 세상 물정을 너무 모를 뿐이고 원래 자전거는 이런 곳에 맡기는 건가? 그게 상식인가?

품격 있는 가게 주인이 말했다.

"물론 자전거도 보관해드립니다. 손님께선 한 번 오신 적이 있죠?"

"네."

쓰요시가 대답했다.

"그땐 그 가방을 부탁받아서."

"그랬죠. 그때는 대리로 오셔서 성함도 묻지 않았어요. 자, 위로 올라오세요."

쓰요시는 내 스탠드를 세워 돌바닥에 고정한 뒤 신발을 벗고 마루로 올라갔다.

"처음 이용하실 때는 성함을 여쭙니다."

가게 주인이 말했다. 쓰요시는 다다미를 내려다보며 말했다.

"사사모토 쓰요시입니다."

"사사모토 쓰요시 군, 보관료는 하루 100엔입니다. 며칠 동안 보관해드릴까요?"

쓰요시는 잠시 생각하고 "사흘이요" 하고 대답했다. 그리고 고개를 들고 물었다. "여기 아침 몇 시부터 하나요?"

"7시에 열어요."

"그럼 사흘 후 아침 7시 30분에 찾으러 올게요."

"잘 알겠습니다. 만약 사흘이 지나도 가지러 오시지 않으면 보관품은 제 소유가 됩니다."

"저 꼭 올 거예요."

그 말을 남기고 쓰요시는 300엔을 두고 가버렸다.

300엔과 나를 두고 갔다.

그날 밤, 나는 가게 주인의 손에 이끌려 가게 안으로 들어갔다. 안쪽에 방이 있는 것 같은데 그쪽은 아니고, 안쪽 막다른 곳의 뒷문 그 앞 봉당*에 놓였다. 칠흑같이 어두워서 아무것도 보이지 않았다. 가게 주인은 어둠이 아무렇지도 않은지 능숙하게 몸을 척척 움직였다. 조금 지나서야 알았는데, 가게 주인은 눈이 보이지 않았다.

가게 주인의 손은 자전거 가게 주인아저씨와 달랐다. 피부가 얇고 반질반질하며 깔끔하다. 주인아저씨는 항상 기름 냄새를 풍기며 손이 꺼끌꺼끌했다. 그래도 주인아저씨의 손에는 무언가가 있었다. 가게 주인의 손에선 그와는 또 다른 무언가를 느꼈다.

그 차이가 무엇인지 알지 못한 채로 그날 밤은 조용히 흘렀다.

그날부터 이틀 동안 나는 안에 그냥 서 있었다. 자전거 가게에 매달려 있을 때보다 보이는 것은 적었지만, 들리는 소리

---

* 따로 마루 등을 두지 않고 흙바닥을 그대로 둔 곳.

로 이 가게가 무슨 일을 하는 곳인지 차츰 알게 되었다.

이곳은 보관가게라는 장사를 하고, 사람들이 이곳에 다양한 물건을 가져온다. 가게 주인은 돈을 받고 그것을 보관한다. 가게 주인은 귀가 매우 밝은지 손님의 목소리를 잘 기억해서 마치 눈이 보이는 사람처럼 민첩하게 반응했다.

보관가게.

이곳에는 끈적끈적한 뜨거운 감정도 질척질척한 음울한 감정도 없다. 애초에 가게 주인은 자전거 가게 주인아저씨처럼 손님에게 이러쿵저러쿵 이야기를 늘어놓지 않았다. 보관하고 싶으시면 맡아드리지요. 이런 분위기다. 그렇다고 일을 아무렇게나 대충하는 타입은 아니고 잔잔한 성실함이 있다. 그런 곳이다.

그래, 가게 주인의 손에서 느낀 게 바로 그것이다. 성실함은 왠지 차갑고 납작한 느낌이다. 자전거 가게 주인아저씨에게 있던 건 좀 더 일그러지고 울퉁불퉁했다.

보관가게와 주인에 대해선 알았는데 내 상황은 잘 모르겠다. 겨우 천장에서 내려와서 거리를 달렸는데 지금은 이렇게 보관가게 안에 서 있다.

도대체 왜? 이게 세상의 상식인가? 내가 세상 물정 모르는 애송이라서 이상하게 여기는 건가?

세상은 수수께끼로 가득하다. 나, 잘 해낼 수 있을까?

사흘이 지난 아침 7시 30분, 딱 그 시간에 쓰요시가 왔다.

놀랍게도 쓰요시는 삐걱삐걱 소리를 내면서 왔다. 녹이 슨 자전거를 끌고 있다. 주인의 센스가 의심되는 팥색의 구식 자전거.

"저녁까지 보관해주세요."

쓰요시는 100엔을 주며 팥색 자전거를 주인에게 넘기고 대신에 반짝반짝한 나를 끌고 가게를 나섰다.

뭐가 뭔지 모르는 채로 나는 상점가로 이끌려 갔다.

쓰요시는 사흘 전과 다른 교복을 입고 있었다. 사이즈가 약간 헐렁하다. 상점가를 나서자 쓰요시는 내게 올라타서 넓은 도로를 달렸다.

나는 달렸다. 쓰요시와 달렸다. 이번에도 바람을 느꼈다.

그러자 점점 행복해지고 기운이 쑥쑥 솟아나서 '세상의 수수께끼 따위 무슨 상관이랴!' 하고 생각했다.

30분쯤 달리자 쓰요시와 같은 교복을 입은 10대가 득시글한 장소에 도착했다. 이게 소문으로 듣던 고등학교로구나. 일류이니 뭐니 했던 그거다. 쓰요시의 아버지가 자랑스럽게 말했지.

다들 똘똘한 얼굴을 하고 반짝이는 자전거를 타고 있다. 그래도 나처럼 대단한 자전거는 없다. 자전거들 모두 내가 지나가자 "미스터 크리스티가 아닌가!" 하며 감탄 섞인 한숨을 쉬었는걸. 자전거 세계에서 나는 스타니까.

나는 있는 힘껏 빛을 발산하며 멋들어진 모습을 보여주었다.

자, 나를 잘 보시라!

쓰요시는 나를 자전거끼리 줄지어 선 곳에 세우고 자물쇠를 잠갔다. 7번이라는 곳이었는데 옆 6번에는 최악의 자전거가 있었다. 후줄근한 엄마들 바구니 자전거다. 어린애 같은 분홍색이고 어이없게도 꼬맹이를 태우는 시트가 붙어 있었다. 엄마들 자전거 중 최고봉이다.

왜 고등학교에 엄마 자전거가 있지?

나는 자전거 보관소에서 쓰요시가 돌아오기를 기다렸다. 다른 자전거들이 "너 진짜 멋지다"라거나 "틀림없이 소중히 여겨주겠지"라며 의기양양해질 만큼 칭찬해주었다. 차마 보관가게에 있다고는 말할 수 없어서 자택의 보관소가 얼마나 호화로운지 거짓으로 떠벌렸다.

지붕이 달렸고 자동으로 불이 들어온다거나, 옆에 혈통서 있는 개가 있어서 지루하지 않다거나, 아름다운 어머니가 내게 좋은 아침이라고 인사를 해준다거나. 꿈과 희망을 한껏 담았다.

6번 엄마 자전거는 한마디도 하지 않았다. 고등학교 자전거 보관소에 어울리지 않는 자신을 부끄러워하는 걸까.

나는 보관가게의 팥색 자전거를 떠올렸다. 그건 진짜 심했다. 아줌마들이나 타고 다닐 형태인 데다 앞에 찌그러진 바구니까지 달렸다. 아줌마가 아니라 할머니한테 어울리려나. 할머니 자전거다.

그 녀석에 비하면 6번 엄마 자전거는 웬만큼 손질도 되어 있고 그럭저럭 주인에게 사랑을 받는 분위기였다.

문득 생각했다. 내 주인은 누구일까. 그야 당연히 쓰요시다.

쓰요시는 나를 사랑할까.

이윽고 쓰요시가 돌아왔다. 친구가 "사사모토, 자전거가 죽여준다" 하고 감탄하자 기뻐하며 "입학 선물로 받았어" 하고 대답했다.

그리고 나는 다시 달렸다. 쓰요시와 달렸다. 바람을 느꼈다.

달리는 동안에는 불안 따위 전혀 생각 안 난다. 정말이지 즐거워 미치겠다. 운전사는 몸도 가볍고 운전 실력도 빼어나고 어려서 속도도 빠르다.

내게 딱 어울리는 주인이다.

쓰요시, 최고야!

그런데 오늘도 상점가로 들어섰다. 쓰요시가 내게서 내려 손으로 끌기 시작하자 불안감이 또 뭉게뭉게 마음을 지배했다.

쓰요시가 나를 또 맡기려나. 그리고 팥색 자전거와 함께 집으로 돌아갈까.

예상은 적중했다. 쪽빛 포렴을 지나자 쓰요시는 나를 가게 안으로 들이고 가게 주인에게 "다시 이걸 보관해주세요" 하고 말했다. 이번에는 내일 아침까지였다.

가게 주인은 알겠다며 100엔을 받고 안에서 팥색 자전거를 끌고 왔다. 그때 나는 당황했다. 삐걱삐걱 소리가 들리지 않았다. 스륵스륵 부드러운 소리를 내며 녀석이 나왔다. 게다가 녹도 없다. 일그러졌던 바구니도 멀쩡했다. 디자인은 여전히 꼴불견이지만 마치 살아 돌아온 느낌이다.

쓰요시는 팥색 자전거를 받자 의아한 표정을 지었다.

손으로 끌기만 해도 마찰 없이 데굴데굴 돌아가는 바퀴가 느껴졌나 보다. 쓰요시는 가게 주인에게 무슨 말을 하려고 했는데, 주인이 "조심히 가세요" 하고 말해서 그냥 묵묵히 밖으로 나갔다.

쓰요시는 갔다.

나는 가게 주인의 성실한 손에 이끌려 안쪽으로 들어갔다.

나는 어둠 속에서 생각했다. 가게 주인은 단지 맡아만 주지 않고 저 고물 자전거를 관리해주었다. 눈도 안 보이고 자전거 가게 주인아저씨 같은 프로도 아니니 시간을 담뿍 들여서 닦았겠지.

그 성실한 손으로.

성실함은 소중하다. 공평하니까. 팥색에게도 내게도 가게 주인의 성실함은 꼼꼼히 배분된다.

그렇지만 나는 성실함을 바라지 않는다. 내가 바라는 것은 좀 더 뜨거운 것이다. 그게 어떤 색이고 어떤 형태인지 잘 모르겠어도.

납작할 리 없고 차가울 리도 없다.

쓰요시는 월요일에서 금요일까지 아침마다 나를 데리러 와서 학교에 가고, 학교를 마치면 돌아가는 길에 보관가게에 맡겼다. 반드시 팥색을 끌고 와서 팥색을 데리고 갔다.

토요일과 일요일은 달랐다. 쓰요시는 이틀 중 아무 때나 낮에 맨몸으로 와서 평소와 다른 길을 달렸다.

나는 쓰요시와 함께 거대한 빌딩을 보고 드높은 타워도 봤다. 타워는 멋졌다. 하늘을 쿡쿡 찌르고 있어서 하늘이 아플 것 같았다.

나무가 무성한 공원에서 이파리의 냄새를 알았다.

쓰요시는 내게 세상을 보여준다. 나는 자전거 가게 천장에 매달려 있을 때보다 훨씬 많은 것을 보고 새롭게 배웠지만, 가장 보고 싶은 것은 보지 못했다. 쓰요시의 집이다.

어느 일요일 저녁 무렵 쓰요시는 그날 나와 산에 다녀와서 상당히 지쳤는지 보관가게에 들어가서 가게 주인에게 이렇게 말했다.

"매일 돈을 주고받는 것도 귀찮은데 한 달 치를 한꺼번에 내면 안 될까요?"

"물론 괜찮지만." 가게 주인이 조금 망설이면서 말했다.

"역 앞 보관소에 등록하면 한 달에 400엔이면 돼요."

쓰요시는 한동안 침묵하다가 물었다.

"자전거를 여기에 보관하면 폐가 되나요?"

가게 주인은 웃으며 대답했다.

"저는 괜찮습니다. 그래도 사사모토 군은 학생이니까 하루에 100엔씩 계속 받기는 좀 그래서요."

가게 주인은 눈이 보이지 않는데도 쓰요시가 학생인 줄 알았다. 목소리나 방문하는 시간대 등 다양한 정보에서 추측했을 것이다.

쓰요시는 "역 앞이면 엄마한테 들켜요" 하고 대답했다.

가게 주인이 방석을 내밀었다. "괜찮다면 상담해드릴게요."

"들어도 절대 외부에 발설하지 않습니다. 그냥 이야기라도 해보면 어떨까요?"

그 말에 쓰요시는 한참 주저하더니 곧 신발을 벗고 마루에 올랐다.

가게 주인은 가만히 앉아 있을 뿐 캐물을 기색이 없었다. 나는 자전거 가게 주인아저씨를 떠올렸다. 손님은 내버려두면 알아서 말을 꺼낸다. 쓰요시도 예외는 아니었다.

"용돈이 떨어져서 이제 슬슬 그만둬야겠다고 생각하긴 했어요."

가게 주인이 고개를 끄덕였다.

"고등학교에 다니려면 자전거가 필요해요. 엄마는 최선을 다해 자전거를 찾아주셨어요. 그 팥색의."

거기까지 말하고 쓰요시는 당황하며 단어를 골라 고쳐 말했다.

"낡은 자전거를 아파트 옆집에 사는 곤도 아주머니께 받아오셨어요. 곤도 아주머니는 연세가 많으셔서 이제 자전거를 타지 못하니까 마침 버리려고 하셨고요."

"곤도 씨께 물려받은 자전거군요."

"네. 엄마는 자상한 분이세요. 돈이 있으면 사주셨겠죠.

하지만 아침 일찍 마트에서 일하고 저녁에는 도시락 가게에서 일해도 자전거를 살 수 없어요. 제 학비를 모으고 계시거든요. 대학에 보내겠다고 의욕적이세요."

"자전거는 비싸니까요."

"그래서 곤도 아주머니께 받은 자전거를 제게 주셨는데요."

쓰요시는 잠시 입을 다물었다.

그러자 가게 주인이 말했다.

"곤도 씨의 자전거는 모양새가 탄탄하긴 해도 젊은 학생들이 타는 자전거와는 달라서 통학에 이용하기는 좀 민망하죠."

쓰요시는 깜짝 놀랐다. 나도 그랬다. 가게 주인은 성실하면서도 생각이 유연해 이런 이야기도 잘 통하는구나 싶어서 나는 왠지 안심했고 쓰요시도 그런 기분이었나 보다.

쓰요시의 입이 기름칠한 것처럼 한결 부드러워졌다.

"아빠가 입학 선물로 뭐가 필요한지 물으셨을 때, 자전거라고 말해버렸어요. 모처럼 엄마가 준비해주셨는데."

쓰요시는 무릎 꿇은 허벅지 위에 쥐고 있던 주먹을 더욱 세게 움켜쥐며 "아침에 엄마가 준 자전거를 타고 집에서 여기까지 와서, 여기에서 아빠가 사준 자전거로 갈아타고 학교에 갔어요" 하고 말하더니 내뱉듯이 덧붙였다.

"저는 엄마를 속였어요."

"속이다니요. 어머님을 생각해서 그런 거잖아요. 그리고 쓰요시 군 나이라면 멋있는 자전거를 타고 싶은 게 당연하고요."

쓰요시는 "평범한 가족이라면 그럴지도 몰라요" 하고 말했다.

"아빠와 엄마는 제가 유치원에 다닐 무렵에 이혼했어요. 저는 그때부터 줄곧 엄마와 단둘이 살았어요. 아빠는 지금 다른 사람과 살고 있고요."

"그랬군요."

"아빠는 가끔 만날 때마다 뭔가를 사주려고 하셨는데 제가 지금까지 거절했어요."

"왜죠?"

"엄마가 최선을 다해 저를 보살피고 계시니까요."

"그렇다고 해서 아버님께 선물을 받으면 안 되나요?"

"엄마는 저에게 최선을 다하지만, 아빠는 저에게 최선을 다하지 않아요. 그런데 돈이 있어서 간단히 저를 행복하게 해줘요."

그때 포렴이 흔들렸다. 쓰요시를 격려하는 듯 상쾌한 바람이 불어 들었으나 쓰요시의 표정은 딱딱하게 굳은 채였다.

"엄마는 고개를 숙여가면서 며칠이나 걸려 낡은 자전거를 손에 넣었어요. 아빠는 카드를 꺼내 크리스티를 손에 넣었고요. 걸린 시간은 겨우 몇 분이었죠. 그런데도 저는 크리스티가 좋아요."

그러자 가게 주인이 말했다.

"돈을 버는 것도 간단한 일은 아닙니다. 아버님도 쓰요시 군에게 최선을 다하신다고 생각해요."

쓰요시의 얼굴이 새빨갛게 달아올랐다. 그런 식으로 생각한 적은 없었나 보다. 나는 자전거 가게에서 자라서 돈벌이가 얼마나 힘든지 안다. 하지만 쓰요시는 아버지와 같이 살지 않으니 그 고생을 몰랐던 거다. 엄마의 고생만 눈에 들어왔는지도 모른다.

가게 주인이 다정하게 말했다.

"어머님께 사실대로 말씀드리면 기뻐하실 거예요. 소중한 아들이 멋있는 자전거를 타니까요. 좋아하지 않을 어머니는 안 계세요."

그러자 쓰요시가 큰 소리로 외쳤다.

"물론 그렇죠! 엄마는 틀림없이 크리스티를 좋아하실 거예요!"

그리고 조용한 목소리로 중얼거렸다.

"그래도 저는."

잠잠한 시간이 흘렀다. 쓰요시는 자신의 감정을 찾는 것 같았다. 이윽고 쓰요시는 그것을 찾았다.

"저는 싫어요."

쓰요시는 자리에서 일어나 "내일 또 올게요" 하고 팥색 자전거를 끌고 나갔다.

가게 주인은 거친 말대꾸를 들었는데도 상쾌한 웃음을 짓고 있었다. 쓰요시의 발언에 만족한 것 같다.

나?

나는 뭐가 뭔지 전혀 모르겠다.

이 세상은 너무 복잡하다.

단지 이건 추측에 불과하지만 쓰요시는 팥색 자전거를 사랑하고 싶은 게 아닐까? 그런데 사랑할 수 없어서 초조하다. 이런 감정이 아닐까? 아마 맞을 거다.

거기까지 상상하자 간담이 서늘해졌다.

왜냐하면 이건 어디까지나 쓰요시와 팥색 사이의 문제이므로 나는 제삼자라는 생각이 들어서다.

문득 쓸쓸함에 젖었다. 그때 가게 주인의 성실한 손이 나를 만졌다. 차갑고 납작한 손이 나를 안쪽으로 옮기고 타이어에 묻은 진흙을 수건으로 닦아내기 시작했다. 능숙하지 못한 손길이어서 간지럽고 완전히 깔끔해지지도 않았다. 그래도 일렁이던 마음이 많이 가라앉았다.

성실함이란 고맙구나. 그때 그렇게 생각했다.

그로부터 1주일 후. 평소처럼 고등학교 자전거 보관소에서 쓰요시를 기다렸다. 5월의 따뜻한 기온에 꾸벅꾸벅 졸다가 소음에 눈을 떴다.

한 여고생이 옆 6번의 분홍색 엄마 자전거를 꺼내느라 덜컹거렸다. 그녀가 그만 팔꿈치로 나를 쓰러뜨렸고, 허둥거리는 사이 내 오른쪽에 있는 자전거가 전부 쓰러졌다.

우당탕, 우당탕!

마치 세상이 갈라지는 소리다!

자전거들의 비명이 들렸다. 아이고, 이보세요, 여고생 씨!

그러나 자전거들은 더는 불평하지 않았다. 그 여고생이 성실한 표정으로 한 대 한 대 열심히 일으켜 세워주었고, 게다가 굉장히 예뻤으니까.

긴 생머리에 하얀 피부. 까만 눈동자는 부리부리하고 코도 오뚝하며 입술은 윤기가 반지르르하다. 그 입술을 악물고 한 대 한 대 착실하게 일으켜 세웠다. 자전거 모두 숨을 죽이고 그녀가 일으켜주기를 기다렸다. 제일 먼저 세워진 것은 나였다. 그녀에게선 좋은 냄새가 났다. 뭘까, 이 냄새.

훌륭한 사람의 냄새가 틀림없다.

그녀가 다른 자전거를 일으켜 세우는 동안 분홍색 엄마 자전거가 처음으로 말을 걸었다.

"미안하게 됐어."

나는 허를 찔려 당황했다. 얼른 대답이 안 나왔다.

"너 안장 기둥에 상처가 났어."

"진짜?"

"아주 조금이긴 해도 다치고 말았네."

나는 분홍색 엄마 자전거를 가만히 응시했다. 그녀는 애초에 상처투성이라 만신창이다. 내 상처를 신경 쓸 상황이 아닐 텐데. 내 생각이 전해졌는지 엄마 자전거가 말했다.

"나는 괜찮아. 되게 오래됐어. 언제 버려져도 이상하지 않을 만큼 날 사용해줬거든. 그래도 너한테 상처는 어울리지 않는다."

"괜찮아."

"나 너를 알아. 자전거 가게 천장에 매달려 있었지?"

"나를 봤어?"

엄마 자전거가 수줍어하며 말했다.

"나 거기서 몇 번인가 수리를 받았거든. 천장에 달린 네가 항상 반짝반짝 빛나서 꼭 달님처럼 눈이 부셨어. 그렇게 높은 곳에서 세상을 내려다본다니 대단해 보였어."

그런가. 그런 식으로 보이기도 하는구나.

"너랑 이런 곳에서 어깨를 나란히 할 날이 오다니 정말 놀랐어."

"왜 좀 더 일찍 말해주지 않았어? 나를 알고 있다고."

"그야 너, 가게에 있을 때면 항상 바깥만 보고 있었잖아. 수리를 받는 자전거 따위 눈에 들어오지도 않았지? 나는 너를 알아도 너는 나를 모를 테니 갑자기 말을 걸기가 좀 그렇더라고."

엄마 자전거는 입을 다물었다.

가슴이 두근거렸다. 사랑일지도 몰라.

"내 옆이어서, 그, 그러니까."

"응?"

"기쁘니?" 하고 물었다.

그런데 뜻밖에도 분홍색 엄마 자전거는 한숨을 내쉬었다.

"글쎄다. 요전에 자전거 가게에서 펑크를 수선했는데 천장에 네가 없으니까 그 공간이 이상하게 허전하더라. 거기도 재미없는 곳이 되고 말았어."

"주인아저씨는 건강해?"

"응, 건강한 것 같았어. 그래도 그 공간은 좀 그래."

엄마 자전거는 주인아저씨보다 공간을 중요시하는 타입

인가 보다.

나는 말했다.

"곧 다른 녀석이 걸릴 거야."

그렇게 대화를 하는 중에도 긴 생머리 미녀 여고생은 자전거를 차례차례 일으켜 세웠다. 이제 한 대만 더 하면 끝인 시점에 다른 손이 뻗어 나왔다.

쓰요시가 아무 말 없이 마지막 한 대를 일으켰다.

그녀는 생긋 웃으며 쓰요시에게 말했다.

"고마워."

쓰요시가 일으켜 세운 자전거는 혀를 찼다. 한참 기다렸는데 사내자식이라니, 하고 한탄한다. 음, 그 마음이 이해가 간다.

쓰요시는 얼굴을 붉히며 "B반의 아라이지?" 하고 말했다.

"어, 어떻게 알았어?" 미녀가 물었다.

쓰요시는 대답하지 않았다. 그야 이렇게 미인이니 남자라면 입학식 시점에 이미 눈독을 들였을 것이다.

작업을 마친 아라이는 분홍색 엄마 자전거를 끌고 걸었다. 쓰요시는 나를 끌고 그녀의 조금 뒤에서 걸었다.

아라이가 뒤를 돌아보고 말했다.

"옆에 있던 자전거, 전부터 멋있다고 생각했는데 네가 주인이었구나."

"A반의 사사모토."

쓰요시가 퉁명스럽게 자기소개를 했다.

아라이가 말했다.

"내 자전거는 엄마한테 받은 거야. 이거 봐. 믿어지니? 나도 여기에 탔었어."

아라이가 어린이 시트를 손으로 통통 두들겼다.

"왜 안 떼?"

쓰요시가 묻자 "이제 어린이집에 여동생을 데리러 가야 하거든" 하고 아라이가 대답했다.

"동생을 데리러 가는 건 내 임무야."

아라이는 '임무'를 힘주어 말하며 가슴을 폈다.

나는 가슴이 덜컹 내려앉았다. 아라이가 반짝반짝 빛나는 것처럼 보여서다. 그 옆에서 분홍색 엄마 자전거도 반짝반짝 의기양양하게 빛났다.

자전거 가게에 매달려 있던 시절, 밖을 달리는 자전거는 다 빛이 났다. 그 빛과 똑같다. 눈이 부시다.

아라이와 엄마 자전거, 최강의 콤비다.

쓰요시도 참, 바보처럼 입을 벌리고 우뚝 서 있다. 멍청이야, 뭐든 말하라고. "대단하다"나 "동생은 몇 살?"이나 "귀엽니?" 같은 거. 뭐든 좋으니까 대화를 이어나가라고!

나 역시 바보다. 분홍색 엄마 자전거에게 "너도 참 멋지다"라고 말해주고 싶은데 그러질 못하겠다.

아라이는 백마를 타는 것처럼 엄마 자전거에 올랐다.

"그럼 잘 가."

아라이는 까만 생머리를 날리며 가버렸다.

돌아오는 길에 쓰요시와 나는 달렸다.

이상했다. 쓰요시는 진지한 표정으로 늘 다니던 길과 다른 길을 달렸다. 휙휙 휙휙 달리고, 달리고, 또 달렸다.

지구를 한 바퀴 돌 기세였다.

쓰요시의 발놀림에 나는 필사적으로 따라갔다.

달리자! 달리자!

앞에 있던 것이 전부 뒤로 사라진다. 모든 것이 과거가 되고 우리는 미래를 향해 나아간다.

아직 갈 수 있어! 어디까지든 갈 수 있어!

드디어 쓰요시의 숨이 거칠어지며 발이 멈췄다.

그곳에는 본 적 없는 경치가 기다리고 있었다.

어마어마한 물웅덩이다.

쓰요시가 말했다.

"바다야."

혼잣말이 아니다. 이건 절대, 절대로 나를 향해 말한 거다. 나를 동료라고 인정하고 말을 걸었다.

나는 있는 힘껏 노력해서 "이게 바다구나" 하고 대답했다. 말은 통하지 않아도 핸들 너머로 내 마음이 전해졌을 것이다.

나와 쓰요시는 바다에 잠기는 새빨간 태양을 보았다. 아주 오랫동안 똑똑히 보았다.

태양이 완전히 잠겨도 주변은 아직 밝다. 아직 밝은 동안에 나와 쓰요시는 보관가게로 돌아갔다.

그것이 쓰요시와 달린 마지막이었다.

그날 이후로 쓰요시는 나를 데리러 보관가게에 오지 않았다.

한마디로 나는 버려졌다.

실망했냐면, 그야 했다. 그래도 최악과는 좀 다르다.

쓰요시는 팥색 자전거를 좋아하게 됐겠지. 내가 싫어졌거나 질려서가 아니다. 원래부터 나와 쓰요시는 마음이 연결되지 않았으니까.

그래도 한 번은 말을 나눴다. 석양과 바다가 보이는 곳에서.

앞으로 그때를 떠올리며 살아가자.

그나저나 이제 나는 어떻게 될까. 세상 물정에 어두운 나는 전혀 모르겠다. 답이 안 나오는 문제는 아무리 상상해도 소용이 없다.

보관가게 주인은 매일 나를 수건으로 닦고 보살피며 쓰요시를 기다렸다. 안장 기둥의 자잘한 상처는 깨닫지 못했다. 상처가 너무 작기도 했고 가게 주인은 눈이 보이지 않으니까 어쩔 수 없다. 머지않아 녹이 퍼질 것이다. 그래도 뭐, 어쩌겠어.

보관 기간이 한 달이나 지났을 무렵 가게 주인은 단념했다. 구청 직원을 불러 나를 보여주었다.

"평소처럼 인수해주실래요?"

익숙한 말투다. 자전거를 처분하는 것이 처음은 아닌가보다.

그러자 구청 아저씨는 나를 한참 살펴보고 말했다.

"전에는 자전거 한 대 인수할 때 5,000엔씩 받았는데, 무료로 인수하는 시스템이 생겼어요."

"그거 다행이네요. 어떻게 하면 되나요?"

"이렇게 품질 좋은 자전거를 무료로 인수하고 정비해서 중고 자전거로 싸게 파는 시스템입니다. 구청과 자전거 가게가 연계해서 구축한 시스템이에요. 괜찮다면 제가 가게로 연락해두지요."

"잘 부탁합니다."

가게 주인은 고개를 숙였다.

구청 아저씨는 네모나고 조그만 것을 내게 향했다. 저게 뭔가 호기심을 느껴 쳐다보는데 그 네모난 것이 갑자기 반짝 빛났다.

나는 기겁했다.

광선에 녹아내릴 거야!

반짝반짝. 세 번이나 빛이 났다.

구청 아저씨가 말했다.

"자전거 가게 일곱 군데에 메시지로 사진을 보냈어요. 그걸 보고 인수하고 싶은 사람이 있으면 여기로 찾아올 겁니다."

뭐야, 사진이었어? 소란스러운 구청 아저씨가 돌아갔다. 나는 녹아내리지 않았다. 어휴, 다행이다.

반짝임을 당했던 날 밤이다.

보관가게의 문을 쾅쾅 두드리는 소리가 났다.

한밤중에 무슨 일이람?

가게 주인은 당황하며 안쪽 방에서 나와 문을 열었다.

"크리스티는 어디 있소!"

다급한 목소리였다.

나는 안쪽에 있었지만 그 목소리가 자전거 가게 주인아저씨임을 바로 알아차렸다. 가게 주인의 성실한 손에 이끌려 가게로 나오자 정말로 주인아저씨가 있었다.

"크리스티."

주인아저씨는 빨갛게 충혈된 눈으로 나를 보았다. 내게도 눈이 있다면 울었을지도 모른다.

주인아저씨는 토끼 눈으로 한동안 나를 관찰하더니 안장 기둥에 손을 댔다. 상처를 알아보았다. 손톱보다 작은데 깨달았다. 역시 주인아저씨다.

"이거 얼마죠?"

주인아저씨가 가게 주인에게 물었다.

가게 주인은 "파는 물건이 아닙니다. 제가 돈을 내고 폐품 회수를 부탁했거든요" 하고 대답했다.

주인아저씨는 흐물흐물한 지갑에서 지폐 다섯 장을 꺼내 가게 주인에게 건넸다.

"이 값으로 내게 파세요."

가게 주인은 당혹스러운 듯했다.

"구청 재활용 시스템에 어긋납니다."

그렇게 말하며 돈을 돌려주려고 했다.

그러자 주인아저씨가 말했다.

"이 녀석은 중고 자전거로 팔지 않아요. 나 개인이 당신에게서 사고 싶소. 나는 이 자전거를 두 배 이상의 가격으로 팔았어요. 이쯤 내지 않으면 마음이 편치 않아요."

가게 주인은 침묵했다.

주인아저씨는 이미 샀다고 생각했는지 내 핸들을 양손으로 꽉 움켜쥐었다. 순간 나는 느꼈다. 성실하진 않으나 울퉁불퉁하고 일그러진 무언가. 뜨겁고 강압적이며 반응이 있는 무언가다.

이것이 '사랑'이다.

내가 계속 갈망했던 것은 주인아저씨의 손바닥에 있었다.

내게는 보인다. 돌아가자마자 내 상처를 수리할 주인아저씨의 모습이.

"이 녀석이 신세를 졌습니다."

주인아저씨는 가게 주인에게 말하고 나를 데리고 나가려 했다.

그때 가게 주인이 말했다.

"그 자전거는 버려진 게 아니에요."

주인아저씨가 뒤를 돌아보았다.

가게 주인은 "괜한 참견인지 모르겠지만" 하고 전제를 달았다.

"자전거를 여기에 맡긴 사람은 그 자전거를 정말 좋아했어요. 그 자전거를 정말 사랑했습니다. 하지만 그 사람에게는 달리 지켜야 할 것이 있어서 어쩔 수 없이 자전거를 처분한 겁니다."

주인아저씨는 한참 무언가 생각하더니 곧 웃으며 말했다.

"이 녀석을 한 번이라도 타보면 절대 놓지 못하지. 처분했다면 그만한 이유가 있었을 겁니다."

가게 주인은 그 말을 듣자 안심한 표정을 지었다.

나는 주인아저씨와 밖으로 나왔다. 밖은 완전히 어두컴컴했다. 밤의 상점가는 다 셔터를 내리고 있다. 주인아저씨는 조심조심 내게 올라타 아무도 없는 상점가에서 페달을 밟았다. 주인아저씨가 나를 타는 건 처음이다.

으악, 잠깐만, 위험해요. 으엑, 미용실 간판에 박겠어요.

쓰요시와 달리 주인아저씨의 운전은 어수룩하고 불안정하고 무엇보다 체중이 너무 무거웠다. 주인아저씨는 자전거 조립에는 프로지만 타는 것은 특기가 아닌 모양이다.

그래도 한동안 달리니 주인아저씨도 요령을 파악했는지 조금은 수월하게, 그래 한 20미터쯤은 똑바로 달릴 수 있었다.

상점가는 자전거 주행 엄금이지만 이런 밤이면 괜찮겠지.

이봐요, 주인아저씨. 별님도 웃고 있어요.

괜찮고말고.

그렇게 말해주는 것 같아요.

상점가를 빠져나와 대로를 달렸다.

쓰요시와 달렸던 그 길이라고는 믿어지지 않을 만큼 비틀비틀 서툰 주행이다.

울퉁불퉁하고 투박한 손에 붙잡혀 나는 달렸다.

조용히 꾸물꾸물, 비틀비틀 달렸다.

꾸물꾸물에 비틀비틀. 바람도 단념할 어설픈 콤비다. 이제부터는 계속 이렇게 달리겠지.

별빛 하늘 아래 주인아저씨와 나는 행복했다.

쓰요시와 팥색도 행복하면 좋겠다. 그러기를 빌었다.

트로이메라이

허무하다.

공허한 나날이 이어진다.

내가 나다움을 잃고 산 지도 벌써 몇 년인가.

그렇지, 대충 셈해도 18년이다. 18년이나 구멍이 뻥뻥 뚫린 채로 살았다. 나는 도움 되는 구석이라곤 없는 얼간이로, 공간을 좁게 만드는 방해꾼이다.

아니라고 부정하고 싶다.

이건 내 진짜 모습이 아니라고.

내 입으로 말하긴 좀 그런데, 실력은 충분하다. 내가 나답게 산다면 힘을 발휘할 거다. 과거를 떠올려 봐도 그렇다. 예전의 나는 필요한 존재였고 빛이 났다.

지금은 아니다. 안타깝게도.

이 상태가 계속되느니 차라리 사라졌으면 좋겠다.

그렇지만 내 힘으론 아무것도 할 수 없다.

살아남는 것도 사라지는 것도 타인의 상황에 의존해야 한다니, 너무 한심하다.

"실례합니다."

어떤 남자가 포럼을 지나 가게로 들어왔다.

그래, 이곳은 가게다. 아시타마치 곤페이토 상점가 구석의 눈에 띄지 않는 가게다.

손님은 키가 꽤 커서 상인방*에 머리가 부딪치지 않게 몸을 숙이고 들어왔다.

회색 중절모에 회색 스리피스 양복에 진회색 넥타이. 이 아저씨 뭐야, 머리에서 발끝까지 쥐색 천지잖아. 할아버지라고 해도 될 나이다. 그래도 등이 꼿꼿하고 지팡이도 짚지 않아서 체구는 말랐어도 건강한 느낌이다.

"어서 오세요."

주인이 말했다.

---

* 기둥과 기둥 사이나 창문 또는 벽 위쪽에 가로질러 놓는 나무. 벽 윗부분의 하중을 받치는 용도로 사용된다.

마루 구석에 앉아 늘 책만 보는 주인은 눈이 보이지 않아서 손가락으로 책을 읽는다. 내 눈에는 아직 한참 어린 풋내기에 불과하지만 나이에 비해 차분하다.

게다가 감이 뛰어나다. 포렴이 살짝 흔들리자마자 손님이 온 것을 깨닫는다. 공기의 움직임을 파악하고 있는지 반응이 빠르다. 그런데 내 불만에 대해선 전혀 모른다. 매일 아침 마른걸레로 나를 열심히 닦는 주제에 이용할 생각도 없고 처분할 마음도 없는 것 같다.

전신이 쥐색인 할아버지는 내 위에 손을 얹고 체중을 실어 구두를 벗은 뒤 마루로 올라갔다.

쥐 할아버지만이 아니다. 다들 내게 손을 짚는다.

따라서 내게는 그날 온 손님의 지문이 남아 있다.

따라서 주인이 살해되면 나 덕분에 범인을 잡을 것이다. 그러니까 나는 존재 가치가 있다. 이렇게라도 생각하지 않으면 못 살겠다고. 젠장!

오늘의 손님은 처음 보는 얼굴이다. 주인은 목소리로 사람을 식별한다. 처음 온 손님임을 이미 알았을 것이다.

쥐 할아버지는 주인이 권하는 방석에 앉지 않고 마루에 무릎을 꿇었다. 자세가 반듯하다. 모자를 벗어 옆에 내려놓았다. 와, 세심하기도 하지. 머리카락까지 회색이네.

할아버지는 가죽가방(이건 까만색)에서 봉투를 꺼냈다.

뭐야, 그냥 편지잖아. 평범한 사이즈에 색도 흰색, 평범함 그 자체다. 시시해라. 뭔가 생뚱맞은 것이 나와서 가게를 엉망진창으로 만드는 바람에 주인이 허둥거리는 모습을 보고 싶은데.

쥐 할아버지는 봉투를 내밀며 말했다.

"이걸 맡아줬으면 하오만."

주인은 봉투를 받고 물었다. "알겠습니다. 기간은 어느 정도로 하시겠습니까?" 회색 할아버지는 기간을 생각하진 않았는지 한참 고민하다가 "2주간" 하고 대답했다.

"그럼 보관료는 하루에 100엔이므로 1,400엔입니다."

주인이 금액을 말하자 쥐색 할아버지는 "그건 좀 그렇군" 하고 난색을 보였다.

"이건 중요한 서류요. 특별히 하루에 그래, 1,000엔으로 쳐서 1만 4,000엔에 맡아주시오."

특이한 손님이다. 보관료를 올려달라고 요구하다니. 특별대우를 바라는 걸까? 지극히 평범한 봉투 안에 든 것이 그렇게나 가치가 있나?

주인은 단호히 말했다.

"그럴 수는 없습니다. 저희 가게는 100엔이면 소홀히 보관하고 1,000엔이면 소중히 보관하지 않습니다. 어떤 물건이든 똑같은 조건으로 정성을 다해 보관합니다."

그 말을 듣고 쥐 할아버지는 입을 다물었다. 초조할 만큼 긴 침묵이어서 내게 팔이 있다면 막 흔들어서 재촉하고 싶었는데 그러지도 못한다. 한편 주인은 불만 따위 없는지 평상심을 유지하며 상대의 말을 얌전히 기다렸다.

쥐 할아버지는 한참 후에야 입을 열더니 비밀을 밝히기라도 하듯 점잔을 빼며 말했다.

"나는 양이라오."

헉, 깜짝이야! 쥐가 아니라 양이었어?

주인은 동요하지 않고 침착하게 말했다.

"그럼 이것을 맡기는 분은 손님의 주인님, 그러니까 손님께서 모시는 분인가요?"

양은 고개를 끄덕였다.

아이고, 이제야 알겠다. 할아버지는 도쿄 토박이다. '히'와 '시'의 발음이 거꾸로였다. '집사'라고 말한 것을 이해했다.*

듣고 보니 할아버지는 집사다운 말투를 사용하고 있었다. 집사는 높은 사람을 모시는 사람으로, 높은 사람과 같은 공기

---

* 일본어로 '집사'는 'し 쓰지しつじ', '양'은 'ひ 쓰지ひつじ'다. 'しし'와 'ひひ'를 반대로 발음하는 도쿄 토박이의 습성으로 인해 생긴 오해다.

를 마시는 셈이니 고만고만하게 대단한 사람이다.

아아, 옛날이 그립다.

예전에는 집사라는 인종이 종종 가게에 오곤 했다. 보관 가게가 되기 전 이곳은 화과자 가게로 명성이 높은 상점이어서 부잣집 일꾼들이 자주 들락거렸다. 당시 나는 중요한 역할을 맡아 반짝반짝 빛났다.

쥐 할아버지가 말했다.

"봉투에 든 서류를 작성한 분은 거대한 조직의 톱이오. 알기 쉽게 말하면 사장님인데, 그분께서 이 서류를 내게 맡기겠다고 말씀하셨다오. 사장님의 중요한 물건은 금고에 보관하는 것이 관례인데, 요즘 사장님께서 일이 좀 있어서 근심 격정이 많아요. 감정이 불안정해서 주변인을 과도하게 의심하시지요. 금고에 넣으면 중요한 물건이란 걸 다들 알아차릴 테니 도난당할 염려가 있다고 하시더군. 사장님은 친척은 물론이고 사원까지 모두 의심하고 계셔서 집사인 내가 이렇게 맡았소."

"손님은 신뢰를 받고 계시는군요."

주인의 말에도 쥐 할아버지는 그리 기뻐하지 않았다.

"좌우간에 사장님께 받은 중요한 물건이니 잃어버려서는 안 될 노릇이지요. 혼자 사는 늙은 몸이어서 불안하던 참에 보관가게라는 장사를 알았소."

"어떤 분께 들으셨나요?"

"사장님께선 다양한 사람에게 선물을 많이 받으시지요. 그걸 정리하는 것이 내 일이오. 선물로 들어온 과자 상자에 여기 상점가의 지도가 그려져 있었는데, 거기서 보관가게를 보고 인상에 남았지요."

호오. 보관가게가 드문가 보다. 다른 곳에는 없나? 그럼 다른 곳에 체인점을 내면 될 텐데. 체인점이라, 현대적인 어감이어서 장사가 잘되는 느낌이다.

쥐 할아버지가 계속해서 말했다.

"우리는 규모가 큰 기업이라서 이런 가게에 맡기면 오히려 주위에서 눈치를 못 챌 테니 사장님의 의향을 지킬 수 있겠다 싶었소만."

뭐얏?

실례되는 소리잖아. 사장은 높은 사람이라서 높은 사람하고만 만나는데, 그 높은 사람들은 이런 가게에는 오지 않는다고 말하고 싶은 거지?

열은 받지만, 맞는 말이다. 사실 여기는 상점가 내에서도 보잘것없는 곳이다. 포렴도 수수하고 애초에 나처럼 도움도 안 되는 놈이 가게 입구에 떡하니 자리 잡고 있으니까. 객관

적으로 보아 할아버지의 아이디어는 옳았다.

주인이 아무 말도 하지 않자 쥐 할아버지는 지루해졌는지 나를 보았다. 나는 요즘 들어 누군가의 시선을 받은 적이 없어서 기겁했다.

할아버지가 주인에게 물었다.

"아까부터 굉장히 궁금했는데, 저 유리 진열장은 왜 있는 거요?"

제길, 빌어먹을 할아범!

내게 손을 짚은 덕에 마루에 편하게 올랐으면서. 그 은혜도 잊고 내가 쓸모없어 보인다, 이거지? 스스로 쓸모없다고 생각하는 건 괜찮지만 남에게 그런 소리를 듣는 건 참을 수 없다.

그러자 주인이 말했다.

"원래 이곳은 화과자를 파는 가게였습니다."

"오호라, 그러고 보니 과자를 넣는 진열장 같군요."

"제가 대를 이으면서 보관가게를 시작했습니다."

"보관가게이니 진열할 물건이 없겠군요. 괜찮다면 내가 업자에게 부탁해서 처분해드리지요. 방해되지 않소?"

뭐라고?

나는 당황했다. 너무 당황해서 조바심이 났다.

나답게 살지 못하느니 차라리 사라지는 편이 낫다고 생각했는데, 정말로 사라질지 모르는 상황이 찾아오자 격렬하게 동요했다.

살려줘!

사라지기 싫어!

지금 이대로가 좋아!

한 가지 발견. …나, 소심하네.

주인이 말했다.

"저 유리 진열장은 필요해서 둔 것입니다."

어?

무슨 필요? 내게 입이 있으면 묻고 싶은 질문을 쥐 할아버지가 대신 물었다.

"필요라니요? 텅 비었는데."

"제가 눈이 보이던 시절부터 진열장은 이곳에 있었어요. 저기 걸린 포렴도. 이 가게는 당시와 똑같은 풍경입니다. 그러면 마치 눈이 보이는 것 같아요. 덕분에 몸을 자유롭게 움직일 수 있죠."

앗. 나는 이해했다. 쥐 할아버지도 이해했다는 표정을 지었다.

주인이 말을 이었다.

"손님께서 지금 이곳에서 보는 모든 것이 제게도 보입니다. 마음의 눈으로요. 가게 밖은 몰라도 가게 안이라면 압니다. 이곳을 지금 이대로 두는 것이 제겐 중요합니다."

뭉클했다.

매일 아침 내게 마른걸레질을 하면서 주인은 온 정성을 다해 풍경을 닦고 있었다. 주인은 내가 필요하다. 나, 지금까지 뭐 때문에 삐쳤던 걸까.

나는 바보다.

어쩌면.

주인이 바라보는 풍경에는 내 안에 화과자가 잔뜩 진열되어 있는지도 모른다. 네리키리ねりきり*, 우이로うぃろう**, 기미시구레きみしぐれ***, 물양갱, 스아마すあま****, 앙코로모치あんころもち*****, 수수경단. 형형색색의 과자가 지금도 내 안에 있다.

나한테도 보인다. 과자의 풍경이.

그러자 무럭무럭, 쑥쑥 의욕이 샘솟았다.

나는 나답게 살고 있었어!

---

* 착색한 팥소를 써서 다양한 모양으로 만드는 과자.
** 쌀가루에 설탕이나 고사리 전분을 섞어 만드는 과자.
*** 달걀과 미숫가루로 만드는 과자.
**** 멥쌀에 설탕을 섞어 만드는 과자.
***** 팥고물을 묻힌 찰떡.

깨닫지 못했을 뿐이야!

"그럼 1,400엔에 부탁하오."

쥐 할아버지는 만 엔 지폐 한 장과 100엔 동전 네 개를 내밀었다. 주인은 그것을 받아 만 엔 지폐를 손끝으로 확인하고 손가락으로 지폐의 사이즈를 재더니, "잠시 기다려주세요"라고 말하고 방구석에 놓아둔 나무 상자에서 5,000엔 지폐 한 장과 1,000엔 지폐 네 장을 꺼냈다. 돈은 종류별로 나눠 넣어 둬서 꺼내는 데 시간이 걸리지 않았다.

쥐 할아버지는 그 모습을 뚫어지게 쳐다보았는데 거스름돈을 받고 지폐를 빤히 바라보며 물었다.

"지폐에 점자가 새겨져 있소?"

"식별 마크가 있습니다. 초상이 인쇄된 면 좌우 끝에요."

쥐 할아버지는 그 위치를 만져보더니 고개를 갸웃거렸다.

"이걸 만진다고 압니까?"

"오래된 지폐면 마모된 탓에 확실치 않아서 최종적으로는 사이즈로 확인합니다."

"동전은 어떻게 확인하지요?"

"들어보면 알아요. 무게가 다릅니다."

쥐 할아버지는 감탄하며 고개를 끄덕이고 장지갑에 지폐를 넣었다.

주인은 정해진 문구를 읊었다.

"2주가 지나도 가지러 오시지 않으면 보관품은 가게 소유가 됩니다. 정해진 2주보다 일찍 가지러 오시면 물건은 드리지만 차액은 돌려드리지 않습니다. 그리고 또 하나, 성함을 꼭 여쭙니다."

쥐 할아버지는 잠시 입을 다물었다. 자기 이름이 떠오르지 않는 모양이다. 망령이 났을 나이지. 한참 후에야 생각이 났는지 "기노모토 료스케"라고 말했다.

"중요한 물건이니 반드시 가지러 오겠소."

쥐 할아버지는 모자를 쓰고 가게를 나섰다.

할아버지는 그날부터 단골이 되었다.

딱 2주일 후에 나타나서 "기노모토 료스케요"라고 말하며 봉투를 받더니, 또 2주일 후에 다시 나타나서 봉투를 맡기고 갔다.

내용물이 같은지 다른지 주인이 묻지 않으니 모른다. 어쨌든 2주에 한 번 나타나서 주고받기를 반복한 지도 벌써 석 달이 지났다. 그 석 달간 둘이 잡담을 많이 나눠서 나는 참 즐거웠다.

기노모토 료스케는 호기심 대마왕이었다. 처음에는 내 존재에 의문을 품더니 다음에는 포렴의 글자에 대해 물었다.

"사토라는 상호는 댁의 성이오?"

"아니에요. 성은 기리시마고 여기도 원래 과자점 기리시마였어요. 보관가게의 상호도 기리시마로 신고했어요. 사실 저는 오랫동안 포렴에 '사토'라고 적힌 줄 몰랐습니다. 제가 기억하는 건 선명한 쪽빛뿐이고, 마지막으로 봤을 때는 하늘하늘 흔들렸죠."

"그럼 저 사토는 어떤 의미지요?"

기노모토 할아버지가 묻자 주인은 고개를 갸웃거렸다.

"글쎄요, 저도 잘 모르겠습니다."

기노모토 할아버지는 어이없다는 표정을 지었다.

"기리시마 씨는 참 속 편한 주인이군요. 상호와 다른 글자가 새겨진 포렴을 걸어놓고 그 의미조차 모른다니. 〈아시타마치 곤페이토 상점가 지도〉에도 당당하게 보관가게 사토라고 실렸다오."

할아버지는 주인의 부주의함이 재밌는지 하하하 호탕하게 웃었다. 눈이 보이지 않아서 저지른 실수를 비웃다니. 상식이 있는 사람이라면 그래선 안 되는데 이 할아버지는 배려가 없다. 주인도 그렇지, 뭐가 즐거운지 하하하 웃었다.

"가게 주인은 한 나라 한 성의 주인이야. 말하자면 사장이지. 이런 속 편한 사람이 어떻게 사장을 하나 싶군요."

기노모토 할아버지의 말에 주인은 드물게도 질문을 했다.

"손님께서 모시는 사장님은 치밀하신 분인가요?"

그러자 기노모토 할아버지는 목소리를 낮추고 대답했다. "그야 대단하지요." 그리고 "병적입니다" 하고 덧붙였다.

"원래 성공하는 인간이란 소심하고 신중한 법이오. 소심하니까 열심히 조사하고 불안하니까 단단히 준비해서 결국엔 성공하지요. 게다가 성공해도 걱정이 끊이지 않으니 더 노력한다오."

할아버지는 숨이 차는지 잠시 입을 다물고 한참 지난 후에 차분히 말했다.

"노력에는 끝이 없소. 그게 참 힘든 일이지. 본인도, 주변 사람도."

"노력."

주인은 중얼거리더니 감개무량한 표정을 지었다.

"저와는 그다지 친숙하지 않은 단어네요. 기노모토 님은요?"

"내게서 노력을 빼면 코털 한 가닥도 안 남는다오."

그렇게 말하며 기노모토 할아버지는 하하하 웃었다.

코틸 한 가닥 이야기를 한 다음 날의 일이다.

포렴을 거칠게 밀어젖히며 한 남자가 들어왔다. 난폭하게 신발을 벗고 훌쩍 마루로 올라갔다.

"어이!"

남자가 말했다. 불쑥 말을 꺼내놓고서 한참 말을 잇지 못했다.

주인은 침착한 태도로 방석을 권했다. 그러자 뜻밖에도 남자는 얌전히 방석 위에 앉았다. 마흔 살 정도일까? 주인보다 나이가 한참은 위다. 정장 차림이다. 비싸 보이는 옷이다.

신체 능력이 뛰어난가 보다. 저 녀석은 내게 손을 짚지 않았다. 지문이 남지 않았다. 주인을 패거나 칼로 찔러도 증거가 없다.

조심해, 주인.

"기노모토가 여기에 왔었지?"

남자가 물었다.

주인은 긍정도 부정도 하지 않았다.

"기노모토가 맡긴 물건을 내놔."

여전히 주인은 묵묵부답이다. 기노모토 할아버지는 어제 코틸 이야기를 하고 봉투를 받아 갔다. 봉투는 지금 가게에 없다.

"어이, 듣고 있어?"

남자가 말했다.

그러자 주인이 대답했다.

"손님에 대한 정보는 알려드릴 수 없습니다."

"돈이라면 내겠어. 기노모토는 얼마나 냈지? 나는 더 주지. 배로 주겠어. 내놔."

"돌아가세요."

주인이 강하게 말했다. 오싹했다. 그런데 난동을 부릴 것 같았던 남자는 의외로 한숨을 푹 내쉬었다.

"여긴 신뢰할 수 있는 가게라는 겁니까."

이상한 남자다. 거친 말투를 쓰더니 갑자기 교양 있는 말투다. 어느 쪽이 본모습일까?

주인이 미소를 지었다.

"제게서 신뢰를 빼면 머리카락 한 가닥도 안 남습니다."

그러자 남자가 놀라서 "아버지가 왔었나?" 하고 물었다.

"아버님이요?"

"아버지가 할 법한 말이어서. 하기야, 아버지가 올 리가 없지. 오늘내일하니까."

"오늘내일?"

남자는 갑자기 대자로 눕더니 천장을 멍하니 바라보며 중얼거렸다.

"지쳤어."

그러더니 눈을 감고 얼마 지나지 않아 코 고는 소리를 내기 시작했다.

어이, 이봐!

믿을 수 없게도 저 남자, 가게에서 잠들어버렸다!

주인은 포렴을 내렸다. 오늘은 그만 문을 닫으려나 보다. 혹시 손님이 오더라도 잠든 남자를 보면 당황할 테고, 남자의 코골이가 상당히 시끄러워서 유리문까지 닫아 밖에 새어나가지 않도록 했다.

남자는 많이 피곤했는지 깊이 잠들었다. 상의 안주머니 속에 지갑이 보이고 손목에 찬 시계도 고급스럽다. 신뢰할 수 있는 가게라고 해도 너무 무방비한 거 아닌가?

주인은 일단 안방으로 들어가 담요를 가지고 나와서 남자의 배에 덮었다.

그 후에 주인은 책을 읽기 시작했다.

저 평상심은 대체 뭘까. 코 고는 소리가 시끄럽지도 않나? 나는 시끄러워 죽겠는데!

기노모토 할아버지와 나눈 대화에서 주인은 '노력은 친숙하지 않은 단어'라고 했는데, 내가 보기에 주인은 상당한 노력가다. 정확히는 인내가다.

어둠을 견디고 흘러가는 시간을 견디고 고독을 견디고 제 멋대로인 손님을 견디고 지금은 이렇게 소음을 견딘다. 주인은 무엇이든 받아들인다. 받아들임이 그의 인생 전부로 보인다. 아직 젊은 주인이 그런 인생을 살려면 상당한 인내심이 필요하지 않을까.

그러나 지금 이렇게, 코가 오뚝한 주인의 말쑥한 얼굴을 보고 있으면 꼭 고생을 모르는 도련님처럼 어두운 면이 없다. 어쩌면 주인은 이 일을 진심으로 좋아하는지도 모른다. 기다림이라는 수동적인 일에서 나름의 의미를 찾은 건지도 모른다.

날이 어두워지고 가게 안이 어두워졌어도 주인이 책을 읽는 데 지장은 없었다.

갑자기 코골이가 멈췄다. 오, 죽었나? 그런데 그때 남자가 벌떡 일어나더니 "어두워!" 하고 불평했다. 눈이 보이는 사람은 자유롭지 못하다.

주인이 형광등 스위치를 켜서 방을 밝혔다. 그러자 남자가 허둥지둥 바르게 앉더니 담요를 보고 "미안합니다" 하고 사과했다. 뭐야, 대체. 태도에 일관성이 없는 사람이네.

"괜찮아요."

주인은 대답하며 담요를 개키더니 "가게는 벌써 닫았으니까요" 하고 넌지시 나가라고 요구했다.

남자는 다다미에 이마를 대고, 이른바 부복하고 말했다.

"기노모토가 맡긴 서류를 제게 주십시오."

주인이 웃었다.

"부복하셔도 소용없어요. 제 눈에는 보이지 않으니까요."

"그래도 당신은 다 알고 있잖소. 내가 고개를 숙인 것도."

주인은 차분히 딱 잘라 말했다.

"여긴 보관가게입니다. 손님껜 느긋한 가게로 보이겠지만, 저는 진지하게 일하고 있어요. 손님께 받은 물건을 제 마음대로 처분할 수 없고, 보관 중인지 아닌지도 말씀드릴 수 없습니다."

주인의 태도에 기가 죽었는지 남자는 침묵했다. 꼼짝도 하지 않고 계속 무언가 생각하고 있었다. 이윽고 남자가 조용히 말했다.

"기노모토가 맡긴 서류는 아버지의 유서요."

남자는 마치 자신에게 들려주는 듯한 말투로 말했다.

"아들인 내겐 알권리가 있어요."

남자의 절절한 말투에 주인은 한동안 생각에 잠겼지만 마음을 바꾸지는 않았다.

"맡은 물건을 어떻게 할 순 없습니다."

남자의 눈에 낙담한 빛이 선명히 떠올랐다. 주인에겐 보이지 않았을 텐데, 위로하는 것처럼 부드럽게 말을 덧붙였다.

"그래도 사정을 들어드릴 수는 있어요."

남자는 안심했는지 "그렇다면 들어주세요" 하고 다리를 편히 풀었다. 이야기가 길어질 것 같다.

벽에 기댄 포렴이 쿵 울렸다. 무슨 이야기일지 궁금해서 안달이 난 거다. 구경꾼 기질은 나랑 오십보백보다.

희미한 형광등 빛을 받으며 남자가 이야기를 시작했다.

"내 아버지는 대기업 사장입니다. 예전부터 일이 전부인 분이라서 나와 놀아주셨던 기억은 전혀 없어요. 솔직히 쓸쓸했어요. 반항기는 없었어요. 반항하고 싶어도 할 상대가 집에 없었으니까. 데면데면해서 웬만하면 아버지에게 가까이 가지 않았지요. 그래도 어린 마음에 생각했습니다. 저렇게 노력하는 아버지는 참 대단한 분이라고요.

나는 아버지 회사에 들어가 좋은 모습을 보여주려고 노력했습니다. 부모를 잘 둔 덕이라는 소리를 듣기 싫어서 무아지경으로 일했어요. 그래봤자 아버지 눈에는 노력으로 보이지도 않았을 테지만요. 반년 전에 아버지는 몸이 편찮으셔서 입원했습니다. 링거를 맞으면서도 일하셨지요. 그런데 최근 들어 사내에 이상한 소문이 돌았습니다. 아버지가 유서를 썼다는 겁니다. 달리 숨겨둔 자식이 있다, 후계자는 어떻게 될까, 사람들이 미주알고주알 캐기 시작했습니다. 나도 불안해서 유서를 찾았어요. 집에는 없었어요. 그래서 물어물어 겨우 이 가게를 찾았습니다."

"왜 여기에 있다고 생각하셨죠?"

"자동차요. 새까맣게 선팅한 사장 전용차. 집사 기노모토가 사용했다는 기록이 있었어요. 조사했더니 여기 상점가 앞에 자주 멈췄다고 하더군요. 유서를 감춘다면 정육점이나 이발소는 아닐 테고, 당연히 여기겠죠?"

남자는 그렇게 말하며 몇 번이나 눈을 훔쳤다. 침착함이 없다.

주인이 물었다.

"입원하신 뒤에 아버님과 만나셨나요?"

"아니요."

"유서를 찾으면 어떻게 하실 생각이죠?"

남자는 입을 다물었다.

"아버님이 당신을 인정하고 계시는지 알고 싶나요?"

남자는 말이 없었다.

"무서운 거죠?"

그러자 남자의 얼굴이 얼어붙었다.

"아버님께서 돌아가실지도 몰라서 무서운 거죠?"

"무서울 리가."

"그럼 뵈러 가면 되잖아요?"

남자는 또 입을 다물었다.

"아버님께선 정말로 유서를 쓰셨나요?"

"다들 그렇게 말하니까."

"소문은 믿을 수 없어요. 게다가."

"게다가?"

주인이 살며시 웃었다.

"유서 따위 무슨 상관인가요? 중요한 건 아버님께서 아직 살아 계신 거잖아요?"

남자는 묵묵히 일어섰다. 머리가 형광등 갓에 닿아 빛이 흔들렸다.

남자가 가게를 둘러보더니 물었다.

"당신, 부모님은?"

주인이 대답했다.

"아버지는 회사에 다니시고 어머니는 과자점을 경영하십니다."

남자는 다시 한번 가게를 둘러보고 안방을 들여다보았다. 그리고 말했다.

"아무도 없는데."

주인은 얼굴색 하나 바꾸지 않고 고고한 표정으로 앉아 있었다.

"당신에겐 부모님이 보이나?"

남자가 물었다.

"손님껜 보이지 않나요?"

남자는 넋이 나간 표정으로 밖을 보았다. 벌써 어둑하다.

"좀 춥군."

그 말을 남기고 남자는 가게를 나갔다.

그로부터 또 2주가 지났지만, 쥐 할아버지는 오지 않았다. 예의 사장 아들도.

보관가게는 바빴다.

리카 짱 인형*을 맡기러 온 여자아이, LP 레코드를 맡기러 온 아저씨, 죽은 남편의 안경을 맡기러 온 아줌마. 이들이 구구절절 신세타령하며 맡겼다가 찾아가곤 했다.

다들 한 번만 이용하지 쥐 할아버지처럼 단골은 드물었다. 나는 쥐 할아버지가 오지 않는 이유를 혼자 상상해보았다.

---

* 바비 인형처럼 옷을 갈아입힐 수 있는 인형의 일종으로, 일본에서 40년도 넘게 인기를 누리고 있다.

사장과 아들의 극적인 재회가 펼쳐졌고 어떤 형태로든 사건이 해결돼 집사가 유서를 맡길 필요가 없어졌다거나.

긍정적으로 생각하면 대충 이런 전개겠지.

아마 주인도 신경이 쓰일 것이다. 그렇지만 유서는 할아버지가 가져가서 가게에 없으니 마음에 걸려도 답은 나오지 않는다. 주인도 나도 이 가게 안에서 각자 자기답게 존재할 수밖에.

그러던 어느 날, 삼색 고양이 한 마리가 들어오더니 마루 위로 폴짝 뛰어올랐다. 입에 물고 있던 작은 것을 방석 위에 내려놓았다.

주인이 무언가 깨닫고 그것을 손에 들었다. 순간, 주인은 "차가워" 하고 말했다. 주인이 혼잣말하는 경우는 드문데 어지간히 차가웠던 모양이다. 그건 새끼 고양이였다. 새하얗고, 움직이지 않는다.

엄마로 보이는 삼색 고양이는 야옹 하고 울더니 나가버렸다.

주인은 기껏해야 만쥬 크기인 새끼 고양이를 손바닥에 올리고, 다른 손바닥을 이불처럼 덮어 새끼의 몸을 덥혀주었다. 한참을 그러고 있었는데도 새끼 고양이는 꼼짝하지 않았다.

주인은 새끼를 손바닥 사이에 넣은 채로 안방에 들어가더니 한동안 가게에 돌아오지 않았다. 무려 1주일 동안 가게 문을 닫고 안에 틀어박혔다.

그로부터 한 달이 더 지났다.

가게는 이제 정상 영업 중이다. 주인은 손가락으로 책을 읽고, 포럼도 안심해서 느긋하게 걸려 있고, 나는 내 안에 담긴 화과자를 상상하며 그야말로 평화로움 그 자체인 일상 중의 일상을 보냈다.

일상을 깨트린 건 어떤 남자였다.

"안녕하세요."

뚱뚱한 남자가 들어왔다. 아저씨와 할아버지의 경계쯤으로 보이는 나이다.

몸가짐이 단정한 남자는 까만 양복을 입고 있었다. 체중이 제법 나가서 내게 손을 짚자 유리가 깨지지 않을까 싶을 정도로 쿵 하는 중량이 느껴졌다.

남자는 "어이쿠야" 하며 마루로 올랐다.

"어서 오세요."

주인이 방석을 건네자 남자는 얼른 그 위에 앉았다. 남자의 엉덩이 아래로 방석이 완전히 소멸했다.

남자는 무거워 보이는 보자기를 꺼냈다.

"보관하고 싶은 물건이 있습니다."

주인은 그것을 받아들고 무게에 깜짝 놀라더니 무릎 위에 올려 조심조심 보자기를 풀었다. 나온 것은 장식이 섬세한 네모난 나무 상자였다. 주인은 신기한지 손으로 연신 쓰다듬었다.

남자가 말했다.

"뚜껑을 열어보세요."

주인이 뚜껑을 열자 소리가 났다. 와, 뭐지? 작은 새가 조그만 발로 피아노 건반 위를 폴짝폴짝 뛰어다니는 것 같은 소리다.

이상하게 즐겁다. 유쾌해, 유쾌해. 기분이 들뜬다.

언제까지나 듣고 싶었지만 소리는 금방 멈췄다.

주인이 말했다.

"「트로이메라이Träumerei」*네요."

"네. 슈만의「트로이메라이」. 오르골의 정석이죠."

"이 오르골을 보관하면 되나요?"

주인은 감탄하며 뚜껑을 닫고 무릎 위에 꼭 껴안듯이 품

---

* 독일의 작곡가 슈만의 대표작인 '어린이의 정경' 소품집 가운데 제7곡.

었다. 늘 하는 그 대사, 기간이나 요금이나 이름을 묻는 대사도 깜빡한 것 같았다. 정말 신기했나 보다. 게다가 소리다. 주인은 눈이 보이지 않는 만큼 소리에 민감하다. 그 소리에는 남을 즐겁게 해주는 힘이 있었다. 주인은 지금 소리의 여운에 잠겨 있다.

남자가 말했다.

"보관 기간은 50년으로 해주십시오."

"50년이요?"

"네. 하루에 100엔이라고 들었습니다. 여기 182만 5,000엔입니다."

남자는 두툼한 봉투를 주인에게 내밀었다.

주인은 오르골을 조심히 다다미에 내려놓고 봉투를 받아들고서 무언가 생각했다. 그야, 의심스럽겠지. 그런 대금을 내는 사람, 있을 리가 없으니까.

남자가 말했다.

"취급 조건이 있습니다만."

나는 긴장했다. 혹시 위험한 물건 아닐까?

"안에 넣어두지 말고 일상적으로 사용해주세요. 곁에 두고 「트로이메라이」가 듣고 싶을 때 태엽을 감아서 들으면 돼요. 이게 조건입니다."

주인은 그제야 겨우 입을 열었다.

"그 말씀은 오르골을 제게 주신다는 뜻인가요?"

"주고 싶다면 보관료로 100엔을 냈겠지요. 그럼 내일이면 당신의 것이 될 테고, 그러면 당신은 팔 수 있으니까요."

"네, 그야, 그렇죠."

"그걸 팔면 롯폰기에 맨션을 살 돈이 생깁니다."

주인은 놀라서 말문이 막힌 듯했다.

롯폰기에 맨션이면 얼마야? 몇만? 몇백만? 아니면 몇천만?

"그건 가치 있는 골동품입니다. 처분하지 않고 당신 곁에 두고 싶습니다."

"왜죠?"

"어떤 분의 유언입니다."

"어떤 분?"

이번에는 남자가 입을 다물었다.

주인이 말했다.

"물건을 맡을 때는 성함을 듣는 것이 규칙입니다."

"저는 기노모토 료스케라고 합니다."

순간, 주인이 묵직한 봉투를 떨어뜨렸다. 봉투에서 지폐가 삐져나왔다.

"기노모토 님? 기노모토 님은, 당신이 아니에요! 기노모토 님은."

주인은 드물게도 큰 소리를 냈다. 그야 나도 놀랐다. 기노모토 료스케는 쥐 할아버지다. 단골이고 사이도 좋았다.

남자는 봉투를 주워 지폐를 넣으며 침착한 목소리로, 그러나 단호하게 말했다.

"제가 기노모토 료스케입니다. 집사인 기노모토 료스케."

주인은 동요를 감추지 못해 남자가 내민 봉투도 깨닫지 못했다. 나도 머릿속이 엉망진창이다. 뭐가 어떻게 돌아가는지 모르겠다. 한참 후에 주인은 크게 숨을 들이마시고 뱉었다. 산소 덕분에 무언가 깨달은 것 같다.

"설마, 여기에 몇 번 오셨던 분이 당신이 모시는 사장님인가요?"

어?

쥐 할아버지가….

사장?

거짓말!

주인 머리가 어떻게 됐나 봐?

엄마야, 남자가 고개를 끄덕였다.

진짜냐!

그 녀석, 쥐 주제에, 무신경한 주제에 사장?

입원 중에 유서를 썼다는 그 사장?

사장이 집사인 척하며 여길 오갔다고?

…어째서?

진짜 기노모토 료스케가 말했다.

"저는 집사입니다. 사장님의 유언대로 이곳에 오르골을 맡기고 보관료를 내는 것이 제 사명이지요. 그러나 지금부터 사명에서 조금 벗어난 일을 하겠습니다. 여기서부터는 유언이 아니지만, 사장님에 대해 당신께 제대로 말씀드리고 싶어요. 들어주시겠습니까?"

주인은 "네" 하고 대답했다.

포렴이 흔들렸다. 얼른 듣고 싶어서 안달이 났다.

"사장님께서는 돌아가셨습니다."

주인의 얼굴이 어두워졌다.

기노모토는 눈시울을 붉히며 눈물을 참았다.

나는… 마음이 복잡해서 유리에 금이 갈 것 같았다.

기노모토가 말을 잇기까지 몇 분간 침묵이 있었다.

"사장님은 머리가 좋은 노력가셨습니다. 전쟁을 겪으며 부모님을 여의었지만 장학금을 받아 대학에 진학했고 뛰어난 성적으로 졸업해서 일류 기업에 들어가셨지요. 입사 후에도 더욱 노력해서 실적을 올렸고 사장 자리에 취임하셨어요. 타고난 천재가 아니라 어디까지나 노력을 아끼지 않는 분이었죠. 요령이 좋지 않아서 교섭에는 서투르셨어도 항상 노력하셨습니다."

나는 코털 한 가닥을 떠올렸다. 노력을 빼면 코털 한 가닥도 안 남는다. 본인이 한 말이지만, 그럴 리는 없다. 코털 한두 개 정도는 남겠지. 그 녀석의 대화에는 유머가 있었다. 주인과의 대화가 즐거웠다. 그래서 나도 포럼도 그 녀석이 오기를 기대했다. 노력만이 아니라, 뭔가, 그 녀석의 마음에는 깊이가 있었다.

"사장님은 일 말고는 뭐든 어설픈 분이어서 이성과 교제한 적도 없습니다. 마흔이 넘어서야 주위의 권유에 따라 선을 보고 결혼하셨어요. 참하고 청초하고 현명한 사모님이셨지요. 부부 금실도 좋았고 도련님도 한 분 태어났습니다. 사장님은 바쁘셔서 자식을 품에 안을 여유는 없었어도 가슴 안에 항상 도련님 사진을 넣고 다니셨습니다. 하지만 아무리 사진을 주머니에 넣어둬도 상대에겐 전해지지 않지요. 사춘기를 지날 때쯤 도련님은 사장님과 거리를 두셨고, 그 후 몇 년이나 대화조차 나누지 않으셨어요."

코를 골던 남자 얘기다.

"3년 전에 사모님께서 병으로 돌아가셨습니다. 사장님도 상심이 크셨지요. 지병이 악화해서 입원하셨어요. 그러자 사내에 사장님께서 유서를 썼다는 소문이 돌았습니다. 회사에 있어 사장은 중요한 존재이니 다들 불안해졌지요. 회사 후계자는 어떻게 하고 토지나 건물은 어떻게 할까, 시골에 숨겨둔 자식이 있지 않을까, 따로 젊은 여자가 있지는 않을까. 다들 자기 멋대로 짐작하며 유서를 찾느라 혈안이었습니다. 아드님인 다다시 님까지 애가 달아 유서를 찾는다는 소식을 듣고 사장님은 점점 의심암귀疑心暗鬼*가 되어 식욕을 잃고 쇠약해지셨습니다.

'내 인생은 도대체 뭐였을까.' 어느 날 갑자기 그렇게 말씀하셨습니다. 면회를 일절 거절하고, 아무와도 만나지 않고, 새하얀 벽을 보며 혼자 골똘히 생각에 잠기셨지요. 네, 그래요. 유서는 쓰지 않으셨습니다. 쓰려고 하시긴 했습니다. 그렇지만 회사 후계자에 대한 것도 재산에 대한 것도 아니었어요. 그저 단 한 가지, 본인의 의지를 관철하고 싶은 것이 있었습니다."

주인은 오르골을 손에 들고 뚜껑을 열었다. 태엽을 감지

---

* 의심이 생기면 귀신이 생긴다는 뜻. 의심으로 인한 망상이나 선입견으로 판단 착오가 생기는 것을 비유한 말이다.

않아 소리는 나지 않았다.

"그 오르골입니다. 사모님과 신혼여행 가서 사 오신 추억의 물건이죠. 사장님은 소중한 오르골을 평생 소중하게 다뤄 줄 사람에게 남기고 싶어 하셨어요. 하지만 그런 사람이 곁에 없다는 현실을 깨닫고 낙담하셨지요. 저는 도움이 되고 싶어서 회사 거래처 리스트를 만들어 드리기도 하고 먼 친척도 찾아보았으나 사장님은 그저 묵묵히 리스트를 보고 계실 뿐이었습니다.

그런데 어느 날, 사장님께서 드디어 유서를 썼다고 하셨습니다. 그리고 자가용을 준비하라고 하셨지요. 제가 맡아두겠다고 해도 고집불통이셨어요. 저는 어쩔 수 없이 자가용을 준비해 병원에서 비밀스럽게 사장님을 모시고 나왔습니다. 사장님의 지시로 여기 상점가 입구에 차를 세웠지요. 사장님께선 직접 유서를 맡기러 다녀오셨습니다. 돌아오시더니 마음에 딱 드는 청년을 만나서 조금은 되살아난 기분이라고 제게 말씀하셨습니다."

그 순간, 쥐 할아버지의 웃음소리가 들린 듯한 기분이 들었다. 하하하 호쾌하게 웃었지.

"그날부터 뭔가 생각이 나면 유서를 새로 고쳐야겠다며 여기로 오셔서 유서를 가져가고 고친 유서를 다시 보관하러 오셨습니다. 유서를 고친다는 것은 구실이었죠. 그저 당신을 만나고 싶으셨던 거예요."

주인은 고개를 좌우로 저으며 말했다.

"그럴 리 없습니다. 대단한 대화를 나누지 않았어요. 아마 중요하게 고칠 부분이 있으셨겠죠."

그러자 기노모토가 말했다.

"여기에 맡긴 유서는 전부 백지였어요."

주인은 진심으로 놀란 표정을 지었다. 나도 놀랐다.

기노모토는 당시를 떠올리는지 눈을 가늘게 떴다.

"아마도 사장님은 제가 만들어 오는 리스트에 질려서 유서를 썼다고 둘러대셨을 겁니다. 백지 유서를 여기에 맡겨서 오르골 인수인 찾기를 그만두고 싶으셨던 거죠. 저는 그것도 모르고 속아 넘어갔어요. 그래도 속아서 다행입니다. 사장님께서는 이미 외출하면 안 될 몸이셨지만, 여기에 다녀가신 뒤로는 수치가 회복됐어요. 저는 차에 남아 상점가 입구에서 사장님을 기다렸습니다. 돌아오실 때면 늘 안색이 좋았고, 그렇게 밝은 표정의 사장님을 보는 것도 오랜만이었죠. 아니요, 처음일지도 몰라요. 이제 건강해지실 거라고, 병은 다 나았다고 생각했어요."

아아, 나는 외치고 싶다. 전부 거짓말이지!

쥐 할아버지는 건강했다. 병이니 뭐니 다 새빨간 거짓말 아냐? 꾀병 아니야? 죽은 것도 거짓말이고 그냥 죽은 척하는 거지? 사람을 통째로 잡아먹을 것 같은 할아버지였다고. 내 반론 따위는 들리지도 않는지 기노모토가 말을 이었다.

"어느 날, 병원에 아드님인 다다시 님께서 오셨습니다. 표정이 아주 부드러워지셔서 괜찮겠다 싶어 사장님과 만나게 해드렸지요. 다다시 님은 보관가게에 유서를 가지러 갔다가 보기 좋게 쫓겨났다면서 하하하 소리 높여 웃으셨어요. 웃는 모습이 사장님을 쏙 빼닮으셨더군요. 참 어안이 벙벙한 분위기였죠."

기노모토가 잠시 말을 끊더니 감회에 젖어 말했다.

"당신 덕분입니다."

"저는 특별한 말을 하지 않았는데요."

"정론은 사람의 마음을 움직이지 못해요. 과거에 저는 다다시 님께 사장님과 대화를 나누라고 몇 번이나 충고했지만, 들은 척도 하지 않으셨습니다. 당신은 이곳에서 성실하게 당신의 일을 하셨지요. 흔들림 없는 그 모습에 다다시 님의 마음이 움직였습니다."

주인은 가만히 눈을 깜박였다. 기노모토가 계속 말했다.

"사장님은 다다시 님께 이렇게 말씀하셨습니다. 너는 노력가니까 알아서 잘할 거라고. 다다시 님은 고맙다고 대답하셨지요. 요령이 부족한 두 분이 몇 년 만에 겨우 화해하셨습니다. 그날 밤에 사장님은 새로운 마음으로 첫 유서를 쓰셨습니다. 기리시마 씨, 당신에게 이 오르골을 50년간 맡긴다는 유서입니다."

주인은 손바닥으로 온기를 전하듯 오르골을 쓰다듬었다.

"오스트리아에서 산 골동품입니다. 사모님과 여행은 신혼여행 딱 한 번뿐이었고, 그 후로는 늘 일에만 몰두하신 인생입니다. 늦은 밤까지 계속된 회의를 마치고 가족이 잠든 자택으로 돌아가면 홀로 「트로이메라이」를 들으며 피로를 푸셨다고 합니다."

기노모토가 거기까지 말하자 주인은 태엽을 감고 뚜껑을 열었다. 작은 새가 발로 피아노를 치는 것 같은 소리가 가게 안에서 사뿐히 춤췄다.

"유서를 쓴 다음 날, 사장님은 마음을 푹 놓으신 것처럼 눈을 감으셨습니다."

기노모토가 눈가를 새빨갛게 붉히며 말한 순간, 안에서 야옹 하고 우는 소리가 나더니 솜먼지가 굴러 나왔다. 아니, 먼지가 아니다. 자그마한 하얀 고양이다.

"어라, 고양이를 키우셨군요?"

기노모토는 눈물을 숨기려는 듯이 말했다.

주인은 오르골을 두고 새끼 고양이를 양손으로 조심히 들어 올리더니 "맡은 거지만요"라고 대답했다.

맡은 거라고?

시체인 줄 알았는데 살아 있었구나!

주인은 1주일 내내 안방에 틀어박혔다. 그동안 필사적으로 살려낸 거다.

나는 생각했다. 쥐 할아버지도 주인의 손으로 소생시킬 수 없을까? 금방 말도 안 되는 헛소리라는 걸 깨달았다. 쩝, 그냥 유리 진열장의 헛소리다. 이어서 또 좋은 생각이 떠올랐다. 저 고양이는 쥐 할아버지의 환생이 아닐까. 오오, 이게 현실적이다. 모순도 없고.

"고양이 이름은?"

기노모토가 물었다.

"이름은 붙이지 않았습니다." 주인이 대답하더니 무슨 생각을 했는지 "사장님이라고 하죠" 하고 말했다.

"저는 속이 너무 편해서 사장 그릇이 못 된다고, 손님이 모시던 사장님께서 말씀하셨습니다. 그러니 보관가게의 사장은 이 아이에게 맡기도록 하겠어요."

기노모토는 "그거 좋군요" 하며 하하하 웃었다.

이후 기노모토도 코골이 남자도 가게를 찾아오지 않았다.

이유는 모르겠는데, 오르골은 내 배 안으로 들어왔다. 주인은 하루에 한 번 내 안에서 오르골을 꺼내 태엽을 감고 뚜껑을 열었다. 그러면 작은 새가 춤을 췄다.

주인은 내 안에 화과자가 들었다는 상상을 그만두고 새로운 풍경을 만들려고 한다. 주인의 심경에 어떤 변화가 생겼다.

하얀 고양이 사장님은 음악이 들리면 안에서 나와 가게에서 놀았다. 작은 새가 맛있을 것 같아서인지 아니면 슈만을 좋아하는 인텔리 고양이인지, 고양이와 유리는 상성이 영 좋지 않아서 나는 잘 모르겠다.

가게 문을 닫고 주인이 안에 들어간 뒤에도 오르골은 내 안에 있다.

이렇게 허름한 가게에 몇천만 엔이나 하는 오르골이 있다고 아무도 생각하지 않을 테니 도둑맞을 염려는 일단 없겠지.

오르골은 나이는 아주 많아도 소녀처럼 순수하다. 내 배 안에 있으니 잘 안다.

누구를 위해 만들어져 어디에서 어떻게 존재했을까. 신혼부부가 샀을 때 무슨 생각을 하며 일본에 왔을까. 상상해봤지만, 답은 모르겠다. 오르골은 아주 얌전해서 사람을 기쁘게 하는 목적 이외에는 입을 열지 않았다.

그래도 그녀가 아주 긴 세월 동안 사장 부부에게 필요했
고 지금은 주인과 하얀 고양이 사장님에게 필요하다는 것만
은 분명하다. 그리고 내게도 필요한 존재다. 그 사실이 그녀
에게 전해지면 좋겠는데.

　　그녀가 지금 이곳에서 만족하면 좋겠다.

별과 어린 왕자

열차에서 내리자 으슬으슬했다.

숄을 가져올 걸 그랬다. 손에 든 무거운 보스턴백. 안에 옷을 꽉꽉 채웠는데 위에 걸칠 것이 없다.

늘 이렇다. 내가 하는 일에는 꼭 허점이 있다.

손가락이 차갑다. 윗옷 주머니에 손을 찔러 넣자 스마트폰이 만져졌다. 맞다, 슬슬 연락해야 한다.

친정에 전화를 걸자 기다리고 있었는지 엄마가 받았다.

"나미? 지금 어디니?"

"역에 막 도착했어."

"그럼 상점가에서 경단 좀 사 올래?"

"케이크 샀는데. 엄마가 사 오라고 한 거."

"롯폰기의 샤토?"

"응. 신제품인 와인색 몽블랑이랑 엄마가 좋아하는 밀푀유도."

"어머, 좋아라. 당연히 케이크는 먹을 거야. 경단은 불단에 바치려고."

"맞다. 아빠, 거기 미타라시みたらし 경단* 좋아했지."

"어딘지 아니? 가게. 아시타마치 곤페이토 상점가에."

"알아, 알아. 그렇다. 아직 있었구나. 들렀다 갈게. 가는 김에 구경이나 좀 할까."

"남편이 피곤해하지 않아?"

"오늘 료스케는 없어."

"어? 나미 혼자 왔니?"

"응."

"웬일이니. 튀김 너무 많이 만들었네."

"그럼 끊어요."

스마트폰을 주머니에 넣었다. 순간 어휴, 하고 깊은 한숨이 나왔다. 하늘에 구름이 잔뜩 꼈다. 아무리 찾아도 스카이트리Skytree**는 보이지 않았다.

---

* 설탕에 간장을 섞어 만든 미타라시 소스를 뿌린 경단.

조금 전보다 가방이 무겁다. 마음의 무게에 비례해 짐이 점점 더 무거워진다. 엄마는 이 짐을 보고 뭐라고 할까?

자고 가려고? 이렇게 기뻐해줄까.

무슨 일이니? 이렇게 걱정해줄까.

결혼하고 5년. 가끔 친정에 얼굴을 비치긴 했어도 상점가에 들른 적은 없었다. 기억을 더듬어 걸음을 옮기자 금방 보였다. 아케이드 간판. 꼬치구이 집, 화과자 가게, 이발소, 찻집도 있다. 외벽이 칙칙한 곳도 있고 덕지덕지 리폼한 흔적도 있지만, 기억 속 가게들은 변함없이 나란히 서 있었다. 담배 가게가 사라지고 100엔 숍이 생긴 걸 제외하면 나머지는 거의 다 그대로다.

반가워라.

이곳은 도쿄 변두리다. 나는 이 마을에서 나고 자랐다. 고등학교에 들어가서는 신주쿠나 시부야로 놀러 다녀서 중학생일 시절에 이 상점가를 제일 많이 이용했다. 동아리 활동을 마치고 친구들과 같이 정육점에서 80엔짜리 크로켓을 사 먹었다.

누가 소스를 뿌려달라고 말할지 가위바위보로 정했다. 나

***** 높이 634m에 이르는 도쿄 스미다구에 있는 방송탑으로, 2012년 5월에 개장하며 이전까지 도쿄를 상징하는 랜드마크였던 도쿄 타워를 대체하게 되었다.

는 가위바위보 실력이 발군이어서 한 번도 "소스 뿌려주세요"라고 해본 적이 없다.

생각해보면 내 특기는 가위바위보 정도다. 공부는 그냥저냥. 외모는 보통 미만. 취미도 뚝심 있게 하는 것 없이 유행에 따라 바꾸고, 또 금방 질려서 3년도 못 간다. 시시한 인간이다. 시시한 인간은 시시한 인생을 살 수밖에 없는 걸까.

만약 가위바위보로 시대를 선택하고 가위바위보로 취직하고 가위바위보로 결혼한다면, 나는 마리 앙투아네트라도 됐을 것이다.

초등학생 시절, 여자애들은 《베르사유의 장미》라는 소녀만화를 반 친구들끼리 돌려보며 모두 환상에 빠졌다. 남자애들은 "바보 아냐? 마지막엔 기요틴이야"라며 비웃었는데, 여자는 인생의 마지막 따위 아무래도 좋다.

소녀는 꿈을 먹고 사는 바보다. 스무 살 이후의 인생은 없는 줄 알았다.

"가키누마 나미? 가키누마지?"

갑자기 이름이 불렸다. 주위를 둘러보자 정육점 안에서 뚱뚱한 여자가 나를 보며 손을 흔들고 있었다. 가까이 가자 눈가에 예전 모습이 보였다.

"마유코? 혹시 다나카 마유코니?"

"맞아. 테니스부 같이 했었지."

다나카 마유코. 살쪘네. 완전히 아줌마가 됐다. 오랜만이야, 건강해 보이네. 한바탕 재회의 기쁨을 나눴다.

"다들 여기 자주 우르르 몰려왔었지. 크로켓 사러. 마유코가 여기서 일한다니 놀랍다."

"일하는 거 아니야. 나 여기 차남이랑 결혼했어."

결혼?

정육점에는 분명 아들이 셋 있었다. 다들 뚱뚱해서 여자애들끼리 고기 경단 삼형제라며 비웃곤 했다. 마유코도 그중하나였다.

"장남은 성적이 좋아서 대학교를 졸업하고 교사가 됐어. 나는 차남이랑 같은 고등학교라서 악연으로 결혼까지 했지."

"그럼 지금은 야마오카 정육점의 안주인?"

"정답."

안을 들여다보자 하얀 옷을 입고 고기를 써는 남자가 있었다. 고기 경단의 흔적은 사라졌다. 팔에는 근육이 오밀조밀하고 얼굴도 야무지게 잘생겼다.

"저 사람?"

"응."

시간은 마법사 같다. 소녀를 아줌마로 바꾸고 통통했던

사내를 멋진 청년으로 바꾼다. 마유코는 놀란 내 얼굴을 바라보며 말했다.

"나미는 대학교 졸업하고 바로 결혼했다고 들었어."

"응."

"너희 어머니가 자랑하셨어. 남편이 엘리트라면서?"

나는 대답을 망설였다. 엘리트의 정의가 뭘까? 대학을 졸업하고 회사에 취직했다. 지극히 평범한데.

"롯폰기에 산다며? 고층 아파트에서 산다던데."

이거 참, 엄마가 상대를 가리지 않고 떠벌리고 다녔나 보다. 그래도 엄마를 탓할 순 없다. 자랑스럽게 말한 건 나였으니까.

"도쿄 타워가 보여."

"방에서?"

"응."

"드라마 같다. 부러워라."

시아버지 명의의 맨션이다. 들어가서 살기 전에는 둘 다 도쿄 타워가 보인다고 들떴었다. 그 후로 몇 번이나 도쿄 타워를 보며 아침과 저녁을 먹었던가. 료스케는 밤의 도쿄 타워를 좋아했다. 나는 아침의 도쿄 타워가 좋았다. 아침 안개가 자욱하게 낀 도쿄 타워는 올곧은 표정으로 지금 이건 꿈이 아니라 일상이라고 알려주었다.

그러고 보니 최근엔 깜박했다. 도쿄 타워의 존재를. 마지막으로 똑똑히 봐두면 좋았을 텐데.

마유코는 입술을 삐죽이며 말했다.

"여기는 스카이트리랑 가까운데 우리 집에선 안 보여."

"그래?"

"멀리 사는 친척 집에서는 보인대. 이렇게 가까운데 안 보이니 손해본 기분이야."

마유코는 말하면서 하얀 봉지에 크로켓을 하나 넣어 내밀었다.

"하나 먹어봐."

"소스 뿌려주세요."

내가 말하자 마유코는 후후 웃으며 소스를 뿌려주었다. 들고 한 입 깨물었다. 고소한 기름, 진한 소스의 향기.

"똑같은 맛이야."

솔직한 감상이 절로 나왔다. 마유코가 말했다.

"알고 있었니? 나 일부러 가위바위보 졌었다?"

"어?"

"소스 뿌려달라고 말하고 싶어서 일부러 졌어."

당황했다. 무슨 소리지?

마유코는 뒤를 힐끔거리며 작은 목소리로 속삭였다.

"그때는 장남이 가게를 도왔었잖아. 나, 그 사람을 좀 좋아해서 말을 걸어보고 싶었어. 지는 거야 쉬웠지. 조금 늦게 내면 되니까."

"전혀 몰랐어."

"모처럼 졌는데 차남이 소스를 뿌려줄 때는 진짜 실망했어. 그랬는데 결국 차남의 아내가 됐네."

하얀 옷의 미남 남편은 이야기가 들리는지 들리지 않는지 그저 열심히 고기를 썰고 있다. 마유코의 귀여웠던 사랑은 먼 옛이야기일 뿐이다.

"행복하니?" 하고 물었다.

"글쎄, 다 이런 거 아닐까?"

마유코가 대답했다.

"다녀왔습니다!"

그때 가방을 등에 멘 사내아이가 가게로 들어왔다. 초등학교 2학년쯤으로 보인다.

"아들?"

"응. 아래로 둘 더 있어."

마유코는 뒤를 돌아보고 "손 씻어야지!" 하고 외쳤다. 착실한 엄마다.

"나미, 아이는?"

그 질문에 갑자기 현실이 보여 기분이 가라앉았다. 다행히 손님이 와서 그 이상의 질문은 받지 않았다.

크로켓을 먹으며 상점가를 걸었다. 가위바위보는 잘한다고 생각했는데, 그래, 그런 거였구나. 조금 전보다 몸이 따뜻해졌다. 크로켓의 열량 덕분이다.

슬슬 화과자 가게에 들러서 미타라시 경단을 사야지. 그렇게 생각한 찰나, '사토'라는 글자가 눈에 띄었다. 쪽빛 무명천에 염색된 사토라는 하얀 글자.

보관가게다!

기억 속 그대로의 보관가게다!

정말 있었구나. 놀라라. 어린 시절에 꿨던 신비로운 꿈이라고 생각했다. 이 가게에 들렀던 나는 아마 열 살. 딱 한 번 여기에 물건을 맡겼고, 가지러 왔다. 두 번 포렴 아래를 지났고 그 후로 다시는 들르지 않았다. 중학생 시절엔 동아리를 마치고 정육점에 들르며 수도 없이 이 길을 지났는데 신경도 안 썼다.

보관가게는 행복한 시기엔 보이지 않는 걸까.

포렴은 조용히 걸려 있었다. 쪽빛이 선명하니 빛바래지 않았다. 다른 가게는 조금씩 변했는데 여기는 시간이 지나지 않은 것 같아서 기묘했다.

열 살이었으니까 17년 전이다. 젊은 주인이 있었다. 꼿꼿한 자세가 아름다운 사람이었다. 이제 아저씨가 됐을 거다. 아저씨가 아니면 무섭다. 타임슬립 같잖아.

깜짝 상자를 여는 기분으로 포럼 틈새로 살그머니 안을 들여다보았다. 보인다, 보여. 맞아, 그리운 유리 진열장. 마루와 방석. 벽시계. 그래도 변화는 있어서 텅 비었던 유리 진열장에 오래된 오르골이 들어 있었다. 그때 저런 것은 없었다.

반질반질하게 닦인 텅 빈 유리 진열장에 아침 햇살이 통과하는 모습이 참 예뻤던 기억이 난다.

한 남자가 마루에 앉아 책을 읽고 있었다.

그때 그 주인일까?

남자는 젊다. 당시 주인의 나이쯤으로 보인다. 다갈색 머리는 곱슬기가 강해 마구잡이로 뻗어서 옥수수수염 같았다. 내가 기억하는 주인은 머리가 까맣고 짧았으며 좀 더 청결한 느낌이었다.

아, 남자가 나를 발견했다. 눈이 마주쳤다. 역시 주인이 아니다. 주인은 눈이 보이지 않아서 눈을 마주친 적이 없었다.

이건 현실. 타임슬립이 아니다.

"어서 오세요."

남자가 말했다. 도토리 같은 눈이 동글동글하다.

도망치지 못하겠다 싶어서 포렴을 지났다. 용건이 없어서 불안했다. 17년 만에 가게에 들어서자 이렇게 좁은 공간이었나 싶어서 놀랐다. 열 장은 되어 보였던 마루는 겨우 다다미 여섯 장 크기였고 유리 진열장도 아주 작아 보였다.

남자는 내 가방을 보며 말했다.

"보관하실 건가요?"

이상하다. 보관가게에서 "보관하실 건가요?"라니, 세탁소에서 "세탁하실 건가요?"라고 묻진 않는다.

"주인이세요?" 하고 물었더니, "잠깐 봐주고 있어요"라는 대답이 돌아왔다.

"그래도 방법은 알고 있어요. 하루에 100엔입니다. 제가 책임지고 맡아서 주인에게 전달할게요."

"괜찮아요, 다시 올게요."

"주인이 언제 돌아올지 몰라요."

아무리 그래도 맡길 물건이 없다. 나가자. 포렴에 손을 댄 순간, 떠올랐다. 보스턴백에 든 **봉투**의 존재가. 잠시 생각했다. 이 가게에 이걸 맡기면 상황이 좋아질지도 모른다. 17년 전처럼.

그때 남자가 외쳤다.

"사장님!"

놀라서 뒤를 돌아보자 아무도 없었다. 하얀 물체가 발치를 스윽 지나 마루로 뛰어올랐다. 하얀 고양이다. 남자는 안심한 표정으로 웃었다.

"어디 갔었어? 걱정 좀 끼치지 마."

하얀 고양이는 대답하듯 야옹 울었다. 나이가 제법 많은지 화난 것처럼 뚱한 표정이다.

"이 녀석, 사장님이라고 불러요."

"사장님이요?"

이상한 이름이다.

"서 있지 말고 앉지 그래요? 짐은 여기에 두고요."

나는 시키는 대로 보스턴백을 마루에 놓고 걸터앉았다.

"그럼 얘기하기 어렵잖아요. 신발을 벗고 올라와요."

"그래도 나는."

남자는 방석을 가리키며 말했다.

"이 일, 지루하거든요. 손님은 안 오고 기다리기만 하니까 지쳤어요. 그냥 얘기 좀 하다가 가요."

내가 방석을 앞에 두고 주저하자 "맡기는 건 이건가?" 하고 케이크 상자를 가리켰다.

"그걸 맡길 셈이라면 가지러 오지 마세요."

남자의 농담에 무심코 후후후 하고 웃었다. 소리 내어 웃는 것은 오랜만이다.

신발을 벗고 방석에 앉았다. 17년 전이 떠올랐다. 그때도 여기 이렇게 앉아서 두려움에 떨며 가방에서 **종이**를 꺼내 주인에게 건넸었지.

어느새 사장님은 남자의 무릎에 앉아 있었다. 남자는 사장님의 등을 쓰다듬으며 말했다.

"이 녀석도 맡은 물건이라고 했어요."

사장님은 기분 좋게 눈을 감고 있었다.

"그럼 사장님도 보관 기간이 있나요? 사장님이니까 임기인가?"

"맡긴 상대가 말이 통하지 않는 손님이어서 돈도 청구할 수 없고 기간도 없대요."

꼭 동화 같은 이야기다.

"여기 주인은 어디 갔어요?"

내 질문에 남자는 모른다며 어깨를 움츠리더니 "장례나 제사 같았어요. 장소는 모르고" 하고 대답했다.

"가게는 언제부터 봤어요?"

"어제부터요. 어제 오후 5시쯤인가, 물건을 맡기려고 왔더니."

남자는 손목시계를 바라보며 대답했다. 연배 있는 아저씨들이 쓸 법한 손목시계다.

"당신도 손님이에요?"

"아아, 맞아요. 왔을 때 마침 주인이 나가려던 참이었어요. 나를 알아차리고 죄송하지만 오늘은 가게가 휴일이라고 하는 거예요. 상복 차림이라 장례거나 제사라고 추측했고, 그럼 그렇게 오래 걸리지 않을 테니 돌아올 때까지 기다리겠다고 했죠. 그랬더니 주인이 사사모토 쓰요시 님이죠, 하고 확인했어요. 정말 목소리로 기억하는구나 싶어서 감탄했는데, 열쇠를 맡기더니 사장님을 잘 부탁한다면서 그대로 나가버렸어요."

"그랬군요."

"당신은 처음? 아니면 재방문?"

"나는 열 살 때 한 번, 1주일 동안만 맡겼어요. 사사모토 씨는 재방문인가요?"

"4년에 한 번은 오나. 올림픽이랑 같은 주기네요. 4년에 한 번은 갈등이 생긴다는 소린가."

이상한 사람이다. 내 생각이 표정에 드러났는지 사사모토는 조금 부끄러운 표정을 지었다. 그리고 변명처럼 자기 이야기를 시작했다.

"처음 왔을 때는 중학생이었어요. 어떤 사람한테 부탁받아서 무거운 가방을 맡겼죠. 음, 17년 전이요."

나와 같은 시기에 왔구나.

"모르는 여자가 길에서 말을 걸더니 가방을 저 가게에 가져가달라면서 100엔을 줬어요. 시키는 대로 가게에 왔다가 보관가게라는 장사를 처음 알았죠."

"가방에는 뭐가 들어 있었어요?"

"글쎄, 모릅니다. 옮기기만 했으니까."

"꼭 택배 기사 같네요."

"그죠? 나도 그렇게 생각했어요. 중학생 사내 녀석은 그런 거 좋아하니까, 스릴 있겠다 싶어서 덥석 받아들였는데 가게 안에 다정해 보이는 형이 혼자 있어서 김이 샜어요. 그러고 보면 따로 운반비도 못 받았으니 어린애 잔심부름이었죠."

그렇다. 주인은 다정한 오빠 같은 사람이었다.

어느 날 아침, 학교 가기 전에 여기 와서 물건을 맡기고 나가려 하니 "잘 다녀와요"라고 인사해줬다. 나는 "다녀오겠습니다"라고 대답하면서 이런 인사를 오랜만에 한다고 생각했다. 당시 우리 집은 '다녀오세요'와 '다녀오겠습니다'도, '잘 잤니'와 '잘 자렴'도 없었다. 빡빡하고 조마조마해서 숨을 쉬는 것조차 조심할 정도로 정체된 분위기였다.

"사사모토 씨는 뭘 맡겼죠?"

"처음 맡긴 건 고등학교 1학년 때, 자전거를 맡겼어요."

그 말을 마치고 사사모토는 입을 꾹 다물더니 조금 시간이 지난 후에 말을 이었다. "정말 소중한 자전거였는데, 결국 이 가게에 버리고 말았어요."

부끄러운지 싱긋 웃는다.

"나중에 자전거를 몇 대나 새로 샀는데, 그 녀석처럼 좋은 자전거는 만나지 못했죠."

웃음이 금세 사라지고 숙연한 표정을 지어서 버린 이유를 묻기는 꺼려졌다.

"여기 주인은 변함없나요?"

내 물음에 사사모토는 "별로 변한 건 없네요" 하고 대답했다.

"그래도 상복을 입어서 왠지 좀 달라 보이긴 했어요."

"가족이 돌아가신 걸까요?"

"글쎄요. 친구일지도요."

단골이어도 그렇게 친한 사이는 아닌가 보다.

이제 슬슬 가야겠다. 엄마가 목이 빠지게 기다리고 있을 것이다.

"이제 가볼게요."

내가 일어서자 사사모토가 말했다.

"맡기지 않으세요?"

참 열심히도 가게를 봐준다. 그 열의에 내 마음이 약간 움직였다. 그냥 그거 맡겨버릴까. 어렸을 때처럼 좋은 일이 생길지도 모른다. 그래도 이 남자에게 맡겨도 좋을지 좀 걱정이다.

"좋은 생각이 났어요."

사사모토가 말했다.

"불안하죠? 나한테 맡기긴. 그럼 교환할래요? 내가 당신한테 물건을 맡길게요. 그 대신 당신도 나한테 맡기는 거예요."

무슨 소릴 하는 거야. 이 사람, 점점 더 이상하다.

사사모토는 사장님을 품에 안은 채로 앉은뱅이책상에 놓인 책을 내게 내밀었다. 아까 읽고 있던 책이다. 유명한 아동서다. 낡아 보인다. 겉 상자가 너덜너덜하다.

"《어린 왕자》?"

"읽은 적 있어요?"

"있긴 한데 옛날에 읽어서 기억은 잘 안 나요."

나는 《어린 왕자》를 손에 들고 잠깐 망설였다. 사실은 이 책, 읽어본 적이 없다. 제목도 들어봤고 도서관에서 자주 보긴 했는데. 어릴 적에는 만화책에만 열중해서 이런 문학엔 관심이 없었다. 추천 도서는 어른이 강요하는 것 같아서 싫었다.

그래도 앞에 앉은 비슷한 나이의 남자가 평생 소중히 간직했고 이 가게에 맡기러 왔다고 생각하니 무언가 특별한 힘이 있는 책 같아서 조금, 아주 조금이지만 흥미가 생겼다. 대충 읽어보는 것도 괜찮을지도. 어차피 집에 가서 할 일도 없다.

보스턴백 지퍼를 열어 책을 넣고 안에서 봉투를 꺼내 남자에게 건넸다.

"그럼 이걸 주인에게 전해주세요. 이름은 가키누마 나미입니다."

옛날 성을 말했다. 예전에 왔을 때 말했던 이름이다.

사사모토는 "잠깐만요"라며 하얀 종이에 '가키누마 나미'라고 적었다.

"며칠 동안 보관할까요?"

그래, 그때랑 똑같이 하자.

"1주일."

지갑에서 돈을 꺼내려고 하자 사사모토가 말했다. "돈은 됐어요. 그 책도 당신한테 1주일 맡길게요. 각자 700엔씩 낸 셈 치죠."

이거 너무 대충하는 거 아닌가. 그래도 봉투를 건네자마자 마음이 한결 가벼워져서 아무래도 좋다고 생각했다.

가게를 나설 때 "꼭 가지러 오세요" 하고 사사모토가 말했고 나도 "당연하죠" 하고 대답했지만, 약속을 지킬 생각은 없었다. 한 걸음 한 걸음 옮길 때마다 마음이 편해졌다. 보스턴 백도 점점 가벼워졌다.

상점가를 빠져나올 무렵에는 가게에 돌아가긴 할까 싶었다.

그 봉투는 두 번 다시 곁에 두고 싶지 않다. 맡은 헌책은 그냥 가지면 된다. 어디서든 파는 책이니까.

잘된 거다, 이걸로. 이제 전부 잊어버리자.

엄마의 튀김은 대량으로 남고 말았다. 료스케의 먹성이 좋다 보니 엄마는 늘 의욕에 넘쳐서 많이 만든다.

다 먹은 후에는 싱크대에 나란히 서서 엄마와 둘이 식기를 정리했다. 엄마가 설거지를 하고 내가 행주로 닦았다. 친정집 부엌은 바닥이 차갑다. 맨션은 따뜻했는데, 목조 단층집은 춥다.

"미안해. 미타라시 경단 깜박해서."

"괜찮아, 괜찮아. 아빠한텐 케이크 나눠 드리면 돼."

"아빠 생크림 싫어하지 않았어?"

"담배 끊은 뒤로는 조금씩 입에 대시곤 했거든."

"그랬구나."

"딸은 아빠한테 너무 관심이 없다니까."

엄마가 기가 찬 듯 웃었다. 오랜만에 여자 둘이 보내는 시간이 즐거운 것 같다.

그릇 정리를 마쳤다. 엄마가 홍차를 우리는 사이, 나는 생크림이 적은 케이크를 골라 제단에 바쳤다. 홍차를 가져온 엄마는 제단을 힐끔 보았으나 아무 말 없이 즐겁게 케이크를 고르고 먹기 시작했다.

"예전에 아빠랑 엄마, 크게 싸웠지."

내 말에 엄마는 놀라서 나를 보았다.

"딱 한 번, 크게 싸운 적 있잖아."

"나미, 알고 있었니?"

"장난 아니었으니까. 그때 원인이 뭐였어?"

"뭐였더라."

"엄마, 며칠이나 울고 화냈어."

"그랬지."

"그런데 어느 날 갑자기 화해했지."

엄마는 턱을 괴고 생각에 잠겨 눈을 감았다. 잠시 후 눈을 뜨고 조용히 말했다.

"이제 안 되겠다고 생각했어."

"안 된다니?"

"지금이니까 하는 말인데, 이혼 서류까지 준비해서 내 쪽은 전부 써놨어. 도장까지 찍어서. 퇴근한 아빠한테 들이밀 생각으로 거실 테이블에 올려뒀지. 그런데 아빠가 그날 집에 안 돌아왔어."

"흐응."

"다음 날에 보니까 신기하게도 이혼 서류가 사라졌지 뭐야."

"호오."

"아마 아빠, 밤중에 몰래 돌아왔다가 그걸 보고 충격을 받아서 나갔었나 봐. 걱정돼서 전화했더니 이혼 서류 따위 모른다는 거야. 틀림없이 어딘가에 버렸겠지. 이 사람은 헤어질 마음이 없다고 생각하니까 기분이 확 풀렸어. 그래서 오늘 저녁은 어묵탕이라고 말했어. 그랬더니 아빠는 엄마가 좋아하는 케이크를 사서 돌아왔지."

"그걸로 끝이야?"

엄마는 잠시 제단을 바라보더니 이야기를 마치려는 듯 이렇게 말했다.

"부부는 사소한 일로 싸우고 사소한 계기로 회복하거든."

케이크 하나를 다 먹자 벽시계가 열 번 울렸다.

"이제 돌아가야 하지 않니?" 엄마가 물었다.

"오늘은 자고 갈 거야."

"너희, 무슨 일 있었어?"

"부부는 사소한 일로 싸우잖아?"

그러자 엄마는 생글생글 웃으며 두 개째 케이크를 먹기 시작했다.

미묘한 침묵이 이어졌다.

엄마는 기다리고 있는 거다. 내가 털어놓기를 기다리고 있다. 싸움의 사소한 원인이나 생활의 사소한 불만, 성격의 사소한 불일치를 투덜거리기를 기다리고 있다. 그런 이야기를 들어주는 것이 엄마의 역할이라고 생각한다.

나는 엄마에게 결혼 생활에 대해 불평한 적이 없다. 료스케에게도, 맨션에도 이렇다 할 불만은 없었다. 그야 100퍼센트 행복할 수는 없다. 올해 료스케의 회사에서 보너스가 나오지 않아서 여행도 못 갔고, 나는 파견 사원으로 일하던 회사가 도산했는데 아직 다음 일자리를 구하지 못했다. 그리고 아이를 갖고 싶었다. 쉽게 생기진 않았으나 언젠간 생길 테고, 만약 생기지 않더라도 어쩔 수 없다.

정육점 마유코는 "글쎄, 다 이런 거 아닐까?"라고 했는데, 정말 그렇다. 나는 많은 걸 바라지 않는다. 그래서 잃은 것도 없을 줄 알았다.

엄마가 홍차를 마셨다. 지금이다. 하기 껄끄러운 말을 해 버리자.

"료스케, 아이가 생겼대."

엄마가 허를 찔린 표정으로 나를 보았다. 예상 밖이겠지.

"그거, 무슨 의미야?"

"있는 그대로의 의미."

"료스케의 아이라니, 도대체… 누구와의 아이야?"

"몰라. 료스케는 인정하고 아빠가 되고 싶대."

엄마는 곤혹스러워하며 아무 말 없이 한참 내 얼굴을 뚫어지게 쳐다보더니, 갑자기 부엌을 돌아보았다. 산더미 같은 튀김이 보였다. 그 후 엄마는 난처한 표정으로 시선을 피했다. 불현듯 공기가 정체되며 무거워졌다.

나는 장난스럽게 말했다.

"오늘 마법을 부렸으니까 잘 해결될지도 몰라."

"마법?"

"엄마랑 아빠의 싸움도 내 마법으로 해결했어."

"나미, 무슨 소리야. 너 괜찮니?"

"그렇잖아, 아직 태어난 것도 아니야. 무사히 태어날지 모르는 거잖아."

엄마는 흠칫하며 나를 보았다. 두려운 것을 보는 눈빛이다. 나, 그렇게 꺼림칙한 존재야? 이렇게 가슴이 아픈데도 여전히 착한 아이여야 해?

"나 그만 잘래."

보스턴백을 끌어안고 내 방으로 갔다.

내 방에는 결혼 전과 똑같이 책상이 있고 침대가 있다. 영어 사전이 먼지를 뒤집어쓰고 있다. 어릴 때는 이 방에 만족했지만, 지금부터 이곳에서 산다고 생각하면 지긋지긋하다. 커튼은 촌스러운 꽃무늬고 침대 커버는 시대에 뒤처진 체크무늬다. 이 방은 지나치게 어린애 같다.

무엇보다 도쿄 타워가 보이지 않는다.

잠옷으로 갈아입은 뒤 침대에 누워 불을 끄고 눈을 감았다.

어둡고 조용한데 잠이 오지 않는다. 어쩔 수 없이 가방을 열어 《어린 왕자》를 꺼내고 형광등을 켰다. 겉 상자에서 꺼내자 책등 아래에 낡은 스티커가 붙어 있었다. 벗겨져서 읽을 수 없었는데 도서관의 장서 같았다.

침대에 누워 책을 읽다니, 오랜만이다. 이러고 있으니 어린 시절로 돌아간 것 같다.

독특한 그림으로 시작한 소설은 달콤한 동화가 아니라 굉장히 철학적인 이야기여서 금방 푹 빠져들었다. 이건 아동용 책이 아니라고 깨달은 순간, '이 책은 누워서 읽지 않았으면 좋겠다'라는 문장에 도달해 깜짝 놀랐다. 그때 전화가 울렸다.

내 스마트폰이다. 료스케는 아니다. 모르는 번호다. 경계하며 받자 상대는 "사사모토입니다" 하고 이름을 댔다.

보관가게를 봐주던 남자다.

"이 번호, 어떻게 알았어요?" 하고 묻자, "안에 든 종이에 전화번호가 적혀 있었어요"라는 대답이 돌아왔다.

머리로 피가 솟구쳤다.

"그 봉투는 보관가게에 맡긴 거예요. 가게 당번이 안을 보다니, 규칙 위반 아니에요?"

"죄송해요. 긴급 상황이었어요. 《어린 왕자》가 필요해져서."

나는 펼쳐둔 책을 보았다.

"지금 돌려주실 수 있나요?" 사사모토가 말했다.

"지금?"

시계를 보니 11시다.

"주소를 알려주시면 제가 당장 가지러 가겠습니다."

잘 모르는 남자에게 전화번호에 더해 친정집 주소까지 알려줄 순 없다. 아아, 나는 왜 이렇게 바보 같을까. 그리운 보관가게라는 공간에서 무심코 경계심이 풀리고 말았다.

성질이 나서 전화를 끊었다. 끊고 생각했다. 봉투를 돌려받아야 한다. 그 재수 없는 남자에게 맡겨둘 수는 없다. 마법 같은 비현실적인 생각은 얼른 버리고 돌려받아야지.

결심하고 전화를 걸자 사사모토는 금방 받았다.

"당연히 불쾌하시겠죠. 이해합니다. 그래도 저, 그렇게 나쁜 놈은 아니에요. 지금껏 옳은 일만 해오지도 않았고 생각이 부족해서 잘못도 저질렀지만, 여자를 협박할 인간은 아니에요. 그 봉투 내용도 절대 떠벌리지 않을게요. 아직 가게 주인에게 전해주지 않았으니까 필요하시면 돌려드리겠습니다."

"돌려줘요."

"그럼 교환하죠. 당장 갖고 갈게요."

"밖에서 만나죠. 장소는 아시타마치 공원, 알아요?"

"압니다. 아시타마치 공원."

침대에서 일어나 서둘러 옷을 입었다. 화가 나서 견딜 수가 없다. 겨우 봉투와 인연을 끊었는데 몇 시간 만에 되돌아오다니.

집을 나서기 전에 엄마에게 말을 걸려고 했는데, 엄마는 어두컴컴한 부엌에서 작업을 하고 있었다. 살짝 들여다보니 엄마가 혼잣말을 중얼거리며 대량의 튀김을 하나씩 손에 들고 집어던지듯 쓰레기봉투에 버리고 있었다. 표정은 안 보였으나 그 뒷모습에 귀기가 서렸다.

화를 내고 있다. 료스케를 향한 분노? 아니면 이 상황에 대한 분노?

신기하게도 내 마음에 분노는 없다. 그저 괴로울 뿐이다. 그러니까 없었던 일로 하고 싶다. 그냥 그뿐이다. 그래도 엄마가 화를 내줘서 조금은 마음이 든든하고 훈훈했다.

엄마에게 말을 걸지 않고 집을 나섰다.

밖은 어둡고 추웠다. 추워서 뛰었다. 뛰니까 따뜻해졌다.

공원에 벌써 와 있던 사사모토는 태평하게도 그네에 앉아 하늘을 보고 있었다. 그 모습에 끌려 나도 고개를 들자 별이 아름다웠다. 낮에는 흐렸는데 지금은 구름 한 점 없다.

사사모토는 나를 발견하자 그네에서 내려 묘한 표정으로 봉투를 내밀었다. 받아들고 안을 살폈다. 종이는 무사하다. 잘 있다.

"당신, 이혼해요?"

"댁하곤 관계없잖아."

"왜 보관가게에 이혼 서류를 맡겼어요?"

"보관가게가 그런 걸 물어도 돼?"

"나는 보관가게 주인이 아니니까. 그냥 당번이었죠."

사사모토의 눈은 동글동글해서 꼭 어린애 같다. 생판 남에 규칙 위반을 저지른 놈인데, 왠지 정직해 보여서 미워할 수가 없다.

"마법이야" 하고 대답했다.

"마법이라뇨?"

"이혼 서류를 그 가게에 맡기면 이혼하지 않아도 되거든."

"정말?"

"마법이 작용해서 원상태로 돌아가."

대답하며 나는 책을 건넸다.

"댁이야말로 뭔데? 그 책을 맡기면, 뭐 좋은 일이라도 생겨?"

사사모토는 책을 들고 안심한 표정을 지었다. 그리고 고맙다며 돌아가려고 했다. 서두르는 것 같다.

오기 전까지는 경계심도 있었고 위험한 일을 당하지 않을까 걱정도 들었는데, 이렇게 자기 할 일만 하고 가버리면 시시하다.

"그 책이 왜 필요해?"

내 물음에 사사모토는 걸음을 멈추고 뒤를 돌아보았다. 나를 똑바로 보며 "소중한 거니까"라고 대답했다. 그것만으론 대답이 안 된다.

"소중한 물건인데 왜 나한테 맡겼지?"

"당신을 도울 수 있으리라 생각해서."

"나를? 왜 내가 도움이 필요하다고 생각했는데?"

"그야 그 가게에 오는 사람은 다 그렇잖아요?"

사사모토는 무슨 당연한 소리를 하냐는 듯 대꾸했다. 사실이니 받아칠 말이 없다.

"나는 가끔 생각이 부족해서 잘못을 저질러요. 무심코 당신한테 주긴 했는데, 이건 중요한 물건이라 남에게 주면 안 된다는 생각이 들었어요."

사사모토는 다시 하늘을 올려다보며 말했다.

"저 별 중에 어린 왕자가 사는 소행성이 있을까요?"

나도 하늘을 보았다. 별이 가득하다. 그렇지만 아직 책을 읽지 않아서 내용을 모른다.

"양, 당신한텐 보이나요?"

사사모토가 물었다. 소설에 양이 나오나 보다.

"근시라서 안 보여."

나는 대충 둘러댔다.

"그 시계, 당신 취향이야?"

내 물음에 사사모토는 손목시계를 보며 "아버지의 유품" 하고 대답했다.

"안 어울리죠?"라는 물음에 "그렇지도 않아" 하고 대답해 주었다.

"내일 가게에 가면 주인이 있을 거예요. 마법이 이루어지길 기도할게요."

그 말을 남기고 사사모토는 뛰기 시작해 점점 멀어졌다.

문득 그가 누군가와 매우 닮았다는 생각이 들었다. 누구였더라. 예전에 어디서 만난 적이 있나.

생각이 안 난다.

목에 가시가 걸린 기분으로 집에 돌아왔다.

눈을 뜨자 아침 7시. 엄마는 벌써 부엌에 서 있었다.

엄마가 "좋은 아침" 하고 말하며 따뜻한 된장국과 밥을 퍼주었다. 엄마와 먹는 아침은 오랜만이다. 어젯밤의 귀기 서린 뒷모습은 거짓말인 양 다정다감한 얼굴이다.

식사를 마치고 산책하고 오겠다며 집을 나섰다. 엄마는 춥다고 코트를 빌려주었다. 엄마 냄새가 나는 코트를 입자 정말 어린애로 돌아간 것 같았다.

한참 걷다가 깨달았다. 벌써 단풍이 물들기 시작했다. 어제는 눈에 들어오지 않았는데 오늘은 보인다. 내일도 또 다른 무언가가 보일까?

아시타마치 곤페이토 상점가에 들어서자 아직 셔터를 내린 가게가 많았다. 와중에 포렴 사토는 일찌감치 걸려 있었다.

포렴을 지나자 주인이 깨닫고 "어서 오세요" 하고 맞아주었다. 17년 전과 완벽하게 똑같은 자세의 주인이 있었다.

청결하고 깔끔한 까만 머리. 군데군데 흰머리가 섞였어도 아직 젊다. 앉은뱅이책상에는 예전과 똑같이 두꺼운 점자책을 펼쳐놓고 있다.

"안녕하세요."

인사하며 마루에 올라 어제처럼 손님용 방석에 앉았다.

그리고 놀랐다. 유리 진열장 안에 《어린 왕자》가 있었다. 오르골 옆에 소중하게 놓여 있다.

사사모토가 먼저 와서 맡기고 갔구나. 그렇게 '소중한 것'이라고 했던 주제에.

주인이 "오랜만이네요" 하고 말했다.

심장이 뛰었다.

"제가 누군지 아세요?"

"가키누마 나미 씨죠?"

"사사모토 씨에게 들었나요?"

"사사모토 씨?"

주인이 의아한 표정을 지었다.

"어제 가게를 보던 사사모토 씨요."

주인은 침묵하고 미간에 주름을 잡았다. 당황해서 생각에 잠긴 것 같다. 나는 겁이 났다.

"저기, 《어린 왕자》를 맡기러 온 사람 말이에요."

책을 가리켰다. 그래봤자 주인에게 보이지 않을 것을 알면서도.

주인은 유리 진열장을 열어 《어린 왕자》를 손에 들었다. 그리고 "이건 제 책입니다"라고 말했다.

"예전에 맡은 물건인데 기간이 지나도 가지러 오지 않아서 제 것이 됐어요."

어떻게 된 거지? 뭐가 뭔지 전혀 모르겠다.

"그 책을 맡긴 사람은 머리가 다갈색인 남잔가요?"

물어보았지만 그가 다갈색을 알 리 없다는 것을 깨달았다. 주인이 대답했다.

"이 책을 제게 맡긴 사람은 여성입니다. 사사모토 씨라는 남성분은 분명 손님이지만, 최근에는 오시지 않았어요."

"그럼 제 이름을 어떻게 알고 계세요?"

주인은 곤혹스러운 표정으로 말했다.

"그야 손님은 17년 전에 오신 적이 있잖아요?"

"기억하고 있다고요?"

"목소리로 압니다. 가방에 달렸던 종소리도 기억하고요."

"17년 전이에요. 제가 맡긴 것도 기억하세요?"

"얇은 종이였는데 공교롭게도 눈이 보이지 않아서 무엇이 적혀 있었는지는 모릅니다."

"그건…."

나는 말을 삼켰다. 무슨 말을 하고 싶은지 하나도 모르겠다.

주인은 침착했다.

"이곳은 보관가게입니다. 맡은 물건을 멋대로 다루지 않아요. 그저 마음을 담아 보관해드릴 뿐입니다."

안에서 하얀 고양이가 나와 주인의 무릎에 올랐다.

"사장님?"

말을 걸자 주인이 "잘 아시네요" 하고 말했다.

"저, 어제 여기에 왔어요."

"이틀 동안 가게는 휴일이었는데요."

"제사 때문에요?"

내 물음에 주인은 의아해하며 "그렇습니다" 하고 대답했다.

"가게를 봐달라고 누군가에게 부탁했나요?"

"아니요."

나는 너무도 당황했다. 일단 진정하자. 나를 안심시키기 위해 어제 이곳에서 있었던 일을 설명했다.

"제가 어제 여기에 왔을 때 보관가게는 열려 있었어요. 사사모토라는 남자가 가게를 보고 있었고, 저는 그에게 봉투를 맡겼어요."

주인은 묵묵히 듣고 있다.

"대신에 저도 보관품을 맡았어요. 그《어린 왕자》를요."

주인은《어린 왕자》를 상자에서 꺼내 팔락팔락 넘기고 부드럽게 만졌다. 손바닥으로 열심히 만지며 다른 점이 없는지 확인하는 것 같다. 손의 표정으로 알겠다. 정말로 소중히 여기는 물건이다.

어제 사사모토와 나눈 대화를 떠올렸다.

"그 책이 왜 필요해?"

"소중한 거니까."

그에게 소중한 것이 아니라 주인에게 소중하다는 의미였구나.

"밤에 그가 전화로 책을 돌려달라고 해서 돌려줬어요. 제 봉투와 교환했죠. 그 책, 그 사람이 아니라 당신 거였군요."

주인이 고개를 끄덕였다.

나는 걱정이 됐다.

"혹시 그 사람 도둑일지도 몰라요. 가게를 봐주는 척하고 안을 살폈다거나, 그래요, 틀림없어. 뭐 도둑맞은 거 없어요?"

"없습니다."

"제대로 봤어요?" 말해놓고 실례되는 소리란 걸 알았다. 그러나 주인은 아무렇지 않은지 미소 지으며 말했다.

"보이지는 않지만 확인했습니다. 가게 안쪽에는 소중한

보관품이 가득하니까요. 가게를 비울 때면 철저하게 문단속을 하는데, 그저께는 서둘렀던 탓에 뒷문을 깜박하고 잠그지 못했어요. 그래도 괜찮습니다. 아무것도 사라지지 않았어요. 그리고 설령 사람이 들어와도 훔쳐가지 못할 구조입니다."

나는 가게 안을 상상했다. 건물은 낡았다. 전통적인 작은 가옥이니 보안이 완벽하다고는 볼 수 없다. 어쩌면 저 안쪽에 주인의 목소리에만 반응하는 비밀 문이 있고 그 너머에 보관품의 왕국이 있는 게 아닐까?

물론, 그럴 리 없다.

"이 가게, 도둑이 든 적은 없나요?"

"든 적이 있을지도 모릅니다."

"네?"

"그래도 물건이 없어진 적은 한 번도 없습니다."

나는 주인이 손에 든 《어린 왕자》를 보았다. '그거 어젯밤엔 우리 집에 있었는데요.' 속으로 중얼거렸다. 내 생각이 전해졌는지 주인은 책을 들어 보이며 "봐요, 제 소중한 책은 지금 이렇게 제 손안에 있죠?" 하고 말했다.

나는 석연치 않아 물었다. "언제 돌아오셨어요?"

"밤늦게요."

"그 사람, 밤중에 이 책을 가지러 왔어요. 주인이 돌아왔으니 들키면 큰일이라고 생각해서 급하게 가지러 온 거 아닐까요?"

주인은 잠시 입을 다물었다. 사장님이 무릎에서 내려와 크게 하품하고 몸을 쭉쭉 폈다.

주인이 천천히 말했다.

"이런 식으로 생각하면 어떨까요? 그는 당신의 보관품을 당신에게 돌려주고 싶었어요. 이 책은 구실일지도 몰라요."

"무슨 뜻이죠?"

"당신이 맡긴 물건은 당신이 가지고 있어야 한다고 사사모토 씨가 판단했는지도 모릅니다."

"…."

"맡길지 안 맡길지. 맡겨도 가지러 올지 안 올지. 그건 원래 손님 스스로 판단할 일이지만, 보관하는 사람이 내용을 알게 되면 괜한 행동을 하고 말지요."

주인은 그렇게 말하며 다시 무릎에 올라온 사장님의 등을 쓰다듬었다.

"저는 눈이 보이지 않으니 물건과 거리를 둘 수 있습니다. 그 덕분에 이 일을 지금까지 계속할 수 있는지도 모르죠."

주인은 사장님을 안고 있다. 그 모습이 사사모토와 겹쳐졌다. 사장님은 지금과 똑같이 안심하고 사사모토에게 안겨 있었다.

"오늘은 맡기고 가실 건가요?"

주인이 물었다. 나는 엄마가 빌려준 코트 주머니에 손을 넣었다. 봉투는 있다. 맡길 생각으로 오늘 여기에 왔다.

망설이는 감정을 얼버무리려고 가게 안을 둘러보았다. 그리고 아무 생각 없이 말했다.

"유리 진열장이 멋지네요."

주인은 기뻐하며 "진열장을 칭찬받은 건 처음이에요" 하고 대답했다.

나는 옛날을 떠올렸다.

"예전에 여기 왔을 때요. 빛이 유리를 통과해서 예쁘다고 생각했어요. 그래도 오르골이 있으니 이게 더 안정적이라고 할까요? 전보다 멋져 보여요. 마치 꼭…."

"마치 꼭?"

"각각 있을 곳이 정해진 것 같아요."

그렇게 말해놓고 갑자기 쓸쓸해졌다. 지금 나는 있을 곳이 없으니까.

주인이 "오르골을 보시겠어요?" 하고 제안했다.

"괜찮나요?"

주인은 사장님을 조심스럽게 다다미에 내려놓고 유리 진

열장에서 오르골을 꺼내 길고 아름다운 손가락으로 척척 태엽을 돌렸다. 오르골을 다다미에 놓더니 내게 뚜껑을 열어보라고 손짓했다.

호화로운 장식으로 가득한 오르골. 묵직한 뚜껑을 살짝 열었다.

그러자 그리우면서도 절절한 음악이 울렸다.

사랑스럽다. 마치 빛 같은 음색이다. 사장님은 이 곡을 좋아하는지 배를 보이고 골골 목을 울렸다.

"좋은 노래네요."

내 말에 「트로이메라이」입니다, 슈만의" 하고 주인이 대답했다.

멋진 노래지만 오르골이어서 금방 끝나고 만다. 듣는 동안에는 행복해도 마지막에 쓸쓸함이 남는다. 나이 어린 소녀라면 몰라도 나는 벌써 스물일곱이다. 최후의 쓸쓸함이 가슴에 남는다.

"이것도 보관 기간이 끝났나요?"

"아니요, 이건 현역 보관품입니다. 기간은 한참 남았어요. 사실 이거, 가격이 상당한 물건 같아요. 도둑이 든다면 가장 먼저 이게 사라질 겁니다. 이것보다 비싼 물건은 이 가게에 없어요."

주인은 오르골을 소중하게 유리 진열장에 넣었다.

어제 내가 가게를 들여다봤을 때 사사모토는 《어린 왕자》를 읽고 있었고 오르골은 진열장 안에 있었다.

주인이 말했다.

"사사모토 씨는 손님입니다. 저를 대신해서 몰래 가게를 봐주셨겠지요."

사장님이 그 말이 정답이라는 듯 야옹 울었다.

잠시 생각했다. 사사모토는 그 손목시계를 맡기러 오지 않았을까. 어쩌면 마음이 변해서 자기가 쓰기로 했을지도 모른다.

그는 이 가게를 졸업했을까.

나는 "또 올게요" 하고 말하며 일어섰다. 포럼을 지날 때 주인의 "잘 다녀오세요"가 들렸다.

'잘 다녀오세요'에는 힘이 있다. 그가 등을 쓱 밀어준 기분이었다. 성큼성큼 걸어 그길로 구청에 가서 이혼 서류를 제출했다. 빠뜨린 부분도 없고 도장도 찍혀 있어서 완벽한 서류였다.

몸이 너무도 가벼워져서 둥실둥실하다.

돌아오는 길에 역 앞 서점에 들러 《어린 왕자》를 샀다. 그대로 카페에 들어가 어제 보다 만 부분부터 읽었다. 커피 세

잔과 핫도그 하나를 해치웠을 즈음에 끝까지 다 읽었다.

카페를 나서자 저녁이었다. 아시타마치 공원에 들렀다. 그네와 모래사장과 철봉과 미끄럼틀이 저녁놀에 물들었다. 이곳에서 사사모토가 어린 왕자의 소행성이 어디인지, 양이 보이는지 물었다.

지금이라면 무슨 이야기인지 안다.

소설 속에서 어린 왕자는 여우에게 '소중한 것은 눈에 보이지 않는다'고 배웠다.

보관가게 주인은 눈이 보이지 않는 만큼 소중한 것만 보이는지도 모른다. 나도 마음의 눈을 갖고 싶다. 그러나 보이는 것은 오렌지색 그네와 모래사장과 철봉과 미끄럼틀. 어린 왕자도 양도 내겐 보이지 않는다.

내 눈에 보이는 것은 **존재하는 것**뿐이라고 생각하며 다 읽은 《어린 왕자》의 표지를 보았다.

앗! 깨달았다.

그래, 그 사사모토라는 남자, 일러스트의 어린 왕자와 닮았다!

옥수수수염 같은 다갈색 머리, 도토리 같은 눈. 똑같다.

재미있어서 하늘을 올려다보았다. 그리고 또 놀랐다. 스카이트리가 보였다!

찾을 때는 안 보이더니 느닷없이 나타났다. 어쩌면 이게 소중한 것?

그럴 리 없어. 눈에 보이는데.

스카이트리는 상상보다 크고 박력이 넘쳤다. 이 마을이 나를 환영해주는 것 같았다. "어서 오렴"이라고.

눈에 보이는 것도 그렇게 나쁘진 않다. 이 공원에서 스카이트리가 보인다고 정육점 마유코에게 알려줘야겠다.

주인의 사랑

유리문으로 해님이 들어온다.

방석이 햇빛을 받아 폭신폭신 부풀었다. 나는 폭신한 위로 올라가 몸을 동그랗게 말았다. 이러고 있으면 참 기분이 좋다.

오늘은 5월 한낮.

여기는 아시타마치 곤페이토 상점가 끄트머리의 자그마한 가게. 우리 집이다. 높은 마루 위의 이 방석은 사실 손님용이다.

미안하긴 하다. 손님이 들어오면 내가 비켜주잖아? 손님은 아무것도 모르고 방석에 앉는다. 그러면 반드시 내 털이 달라붙는다. 내 하얀 털은 끈덕진 스토커 타입이라서 회사원의 양복에 붙고 아줌마의 양말에 붙어서 그들이 가게를 나가 상점가를 걸을 때면 '어이, 저거 봐. 저 사람 보관가게에 다녀왔어' 하고 광고를 해준다.

그런데 고양이 털이 붙었다고 말해주는 사람은 없어서 손님은 그 상태로 전철이나 버스를 타고, 내 털 역시 다른 곳으로 이동한다.

여행이다.

상상만 해도 가슴이 콩닥콩닥 뛴다.

나는 곤페이토에서 태어나 곤페이토에서 자랐다. 당연히 여행해본 적도 없다. 원래 고양이는 영역에 민감해서 여행을 좋아하지 않는 동물이다. 내 영역은 상점가의 이쪽 끝에서 저쪽 끝까지. 고양이에게는 충분한 넓이지만, 콩알만큼은 호기심이 있어서 해보고 싶을 때도 있다. 여행 말이다. 아마 나는 평생토록 이 상점가에서 나가지 않을 테지만, 적어도 내 털이 여행한다고 생각하면 재미있다.

벽시계가 세 번 울리고 주인이 안방에서 나왔다. 오후 영업시간이다.

주인은 늘씬하니 아름다운 손을 뻗어 쪽빛 포렴을 처마에 걸었다. 포렴이 주인의 손목을 휘감자 주인이 차분하게 벗겨냈다.

주인은 모른다. 저 포렴은 여자의 마음을 지녀서 주인을 사랑하고 있다. 가게 입구에 있는 유리 진열장은 남자의 마음을 가졌다. 저 잘난 맛에 살며 주인을 한 수 아래로 보는 건방진 놈이다.

산 생명에 성별이 있는 것처럼 물건에도 성별이 있다. 당연히 고양이인 나에게도 성별이 있다.

주인은 숫자에 강하고 기억력도 뛰어나다. 아주 똑똑한 사람인데 한편으론 어리바리한 부분도 있어서 내가 여자아이인 걸 깨닫지 못했다. 그러니 내게 '사장님'이라는 아저씨 냄새 풀풀 나는 이름을 붙였지. 이 세상에는 여자 사장도 잔뜩 있다고 한다. 그래도 일부러 여자 사장이라고 구분해서 부를 정도니 사장이라고 하면 남자를 연상하는 법이다. 나는 이 남성미 넘치는 이름이 싫다. 그래서 스스로 이름을 지었다.

포치드 에그. 발음이 멋있지?

이게 내 본명이고 사장님은 별명이라고 나 혼자 정했다. 왜 포치드 에그냐면, 주인과 아이자와 씨의 대화를 통해 다음과 같은 정보를 얻었거든.

주인은 포치드 에그를 좋아한다.

주인은 포치드 에그 만들기가 특기다.

포치드 에그는 하얗고 부드럽다.

나는 이 세 가지 정보를 통해 내 이름을 정했다. 여성스러운 발음이라 마음에 쏙 든다.

아이자와 씨는 점자 자원봉사를 하는 아줌마다. 손님 이외에 이 가게를 오가는 사람은 아이자와 씨와 구청 복지과 아저씨 정도다. 아이자와 씨는 한때 눈이 나빠져서 자원봉사를 쉬었는데, 이후 말끔히 나았다고 한다.

"큰맘 먹고 수술해서 다행이야. 이제 점자를 더 많이 만들 수 있어요. 그런데 눈이 좋아지니까 안 좋은 점도 있어. 얼굴에 잔주름이 얼마나 많은지, 깜짝 놀랐어요."

수술이 뭘까? 나쁜 눈을 쑥 빼고 좋은 눈을 푹 집어넣는 건가?

사실 아이자와 씨는 눈을 치료하고 오랜만에 와서 주인에게 이렇게 말했다.

"본명 말고 아이자와라고 불러줘요. 익숙해졌어요."

아이자와는 별명인가 보다. 내 생각에 별명은 평소 쓰는 거, 본명은 마음에 담아두는 것이다. 그러니까 나도 포치드에그를 소중히 담아둔다.

주인은 포렴을 걸고 마루에 앉아 점자책을 읽기 시작했다. 눈이 보이지 않아서 손가락으로 읽는다. 나는 방석 위에 몸을 말고 가늘게 뜬 눈으로 주인을 바라보았다.

주인의 얼굴은 아름답다. 보이지 않는 눈은 유리처럼 회색으로 투명하고, 코는 높은데 너무 높진 않다. 입술도 얇은데 너무 얇진 않다. 피부는 상아색이다. 머리카락은 짧고 까맣고 청결하다.

주인은 아이자와 씨처럼 눈을 새로 넣지 않는다. 왜지? 주인 얼굴엔 잔주름이 없으니 겁낼 것 없는데.

만약 주인이 얼굴을 볼 수 있다면? 주인은 자신의 아름다움을 깨닫고 깜짝 놀랄 거다. 그래도 뭐, 나로서는 지금 이대로가 좋다. 자신이 얼마나 아름다운지 모르는 점이 주인의 매력이다.

이따금 생각한다. 주인은 자신이 남자라는 것도 모르지 않을까? 주인은 손님이 남자든 여자든 꿈쩍도 안 한다. 여자니까 요금을 조금 싸게 해준다거나, 남자니까 연대감을 느낀다거나. 그런 마음의 움직임이 조금도 느껴지지 않는다.

나는 아시타마치 곤페이토 상점가의 여러 가게를 훔쳐보고 다니는데, 주인 같은 사람은 없다. 다들 조금씩 남자 냄새가 풍기고 여자 냄새가 풍긴다. 그렇다, 다들 냄새가 난다. 식당 아저씨는 레이디 런치를 정해서 여자를 우대하고, 이발소 아줌마는 수염 깎는 남자를 우대한다. 그런 모습에서 편애하는 냄새가 진동한다.

주인에게는 냄새가 없다. 혹시 주인은 남자가 아닌 걸까?

이건 극비 사항인데, 사실 나는 주인의 손바닥에서 태어났다. 손바닥이 꽃봉오리처럼 나를 감싸고 있다가 살짝 열렸을 때, 내 입에서 야옹 하는 소리가 나왔다. 첫울음이다.

내 기억은 그때부터 시작한다. 그 기억은 아주 또렷하다. 그러니까 주인이 내 엄마다.

어린 시절에 나는 굳게 믿었다. 고양이는 모두 인간의 손바닥에서 태어난다고. 10년이나 살다 보니 이 세상의 섭리를 깨달아서 이제 고양이가 고양이에게서 태어난다는 걸 안다. 고양이의 출산을 본 적도 있다. 상점가 이발소의 도라가 새끼를 낳았다. 그로테스크한 광경이었는데, 그게 진실이다. 아무래도 나만 주인에게서 태어난 것 같다. 나는 특별한 고양이다.

특별. 이 발음, 진짜 멋지지? 여왕이 된 기분이야.

주인은 이 세상에 감추고 있다. 나를 낳은 사실을. 그러면서 이 녀석은 맡은 물건이라고 얼버무린다. 손바닥으로 고양이를 낳는 능력이 알려지면 아마 주문이 밀려들 거다. 주인은 물건을 보관하는 장사를 하고 있고 취미인 독서로 바쁘니까 고양이를 낳아주는 부업은 하기 싫겠지.

나는 주인의 유일한 아이. 아들이 아니라 딸인 걸 알아줬으면 좋겠는데, 남녀 관계에 한해 주인은 풋내기나 마찬가지라 어려운 소원이다.

포럼이 흔들렸다. 손님이다.

호리호리한 체격의 여성이 들어왔다. 머리카락은 연한 갈색에 치렁치렁 길고 얼굴은 하얗고 크림 옐로 원피스를 입고 있는데, 이상하게 전체적으로 색이 연한 인상이다. 한편 냄새는 또렷했다. 비누 냄새가 난다. 하얗고 네모난 비누 냄새다. 주인이 좋아하는 것 중 하나다.

다른 집에서는 로봇처럼 생긴 용기의 머리를 누르면 쑥쑥 나오는 물 같은 비누를 사용하는데, 주인은 딱딱하고 네모난 비누를 좋아해서 매일 그걸로 손을 닦는다. 파리처럼 싹싹 닦는다. 열심인 모습을 보면 손 씻기가 독서 다음가는 취미 같다. 비누가 그렇게 사랑스러운 존재인가 싶어서 한번 핥아봤는데 토할 것 같은 맛이었다.

이 손님도 핥으면 씁쓸할까?

"어서 오세요."

주인이 말했다.

나는 방석을 손님에게 양보하고 마루 구석에 몸을 말았다. 색이 연한 비누 아가씨는 신발을 벗고 마루로 올라오더니 나를 향해 미소 지으며 "고마워" 하고 말하고 하얀 털로 빔빅이 된 방석에 앉았다. 귓가에 남는 예쁜 목소리였다.

"네?"

주인이 물었다.

얼굴에 당혹한 빛이 선명하게 서렸다. 고맙다는 의미를 몰라서 동요하고 있다. 그건 그렇고 좀 이상하다. 주인은 평소 무슨 일이 벌어져도 당황하지 않는다. 그게 주인의 됨됨이인데, 오늘은 너무 쉽게 동요했다.

"고맙다니, 무슨 뜻이죠?"

질문까지 하네. 쩔쩔매는 것 같다. 목소리에 침착함이 없다.

"이 고양이가 방석을 양보해줘서요."

비누 아가씨가 설명했다. 종소리 같다. 좀 더 듣고 싶은 목소리다. 좋은 느낌이야.

"그럼 안 되죠."

주인이 일어섰다.

"방석에 털이 묻었을 겁니다. 이걸 사용하세요."

그러면서 자기가 앉았던 방석을 집었는데, 납작해진 두께를 새삼스레 깨달았는지 당황한 표정으로 내밀지 못했다.

점점 더 이상하네. 혹시 비누 냄새가 원인일까? 사랑하는 비누 냄새에 머리가 핑핑 도나?

냉정하고 침착한 주인을 이렇게 동요하게 하다니, 비누 아가씨는 대단한 사람이다.

그냥 가게에 들어왔을 뿐인데.

자세히 살펴보니 비누 아가씨의 생김새는 깔끔했다. 인형 같다. 미인이라고 해도 되겠지? 주인은 얼굴을 보지 못하는데도 깨달은 것 같다. 냄새로? 목소리로?

어라, 큰일이다.

주인의 심장이 두근두근 소리를 내기 시작했다. 비누 아가씨에겐 들리지 않겠지만 고양이인 나는 못 속이지.

두근두근, 두근두근.

이건… 분명 사랑이다.

싫어라. 주인이 처음으로 여성을 의식한 순간을 목격하고 말았어. 냄새와 목소리만으로 사랑에 빠지다니, 고양이랑 뭐가 달라. 내겐 엄마의 첫사랑인 셈이니 겸연쩍기도 하고 낯간지럽기도 하고 기분이 복잡하다. 게다가 걱정이다. 주인이 상처받지 않았으면 좋겠는데.

주인의 나이는 서른일곱. 그러나 마음은 소년이다. 이제야 첫사랑이라니 나잇값도 못 한다.

비누 아가씨가 살포시 웃었다.

"괜찮아요, 이 방석도. 고양이 싫어하지 않거든요."

그러자 주인은 머리를 긁적였다.

"지금까지 손님께 줄곧 고양이 털 방석을 권했는지도 모릅니다."

저거 봐, 또 수다 떨었어. 평소와 다르게 잡담이 많고 손님을 앞에 두고 꼿꼿이 서 있다.

"앉아야지."

내가 말했다. 물론 "야옹"이었지만 주인에게 전해졌는지 머쓱해하며 얇은 방석 위에 앉았다. 비누 아가씨와 멀찌감치 떨어진 자리다. 평소 손님과 마주할 때보다 거리를 두었다.

역시 이건 사랑이다. 사랑에 겁을 집어먹었다.

포렴이 두둥실 흔들렸다. 포렴도 주인의 변화를 알아차렸다.

주인은 겨우 프로 의식을 되찾았는지 "맡기실 물건은요?" 하고 물었다. 그러자 비누 아가씨는 연갈색 가죽가방에서 허름한 책을 꺼내 주인에게 건넸다. 상자에 들어 있지만 딱 봐도 책이다.

나는 신중히 관찰했는데 비누 아가씨의 손가락과 주인의 손가락은 아슬아슬하게 닿지 않았다.

"책이군요."

주인은 상자 너머로 물건을 확인하듯 쓰다듬다가 조그만 스티커에 손가락이 닿자 어리둥절한 표정을 지었다.

"도서관 책이에요."

비누 아가씨가 말했다.

그 말에 주인은 걱정스러운 표정을 지었으나 아무 말도 하지 않았다. 좋았어, 점점 평소의 주인으로 돌아오고 있다. 손님에게 어떤 사정이 있건 괜한 질문을 하지 않고 하루 100엔으로 물건을 맡는다. 이게 보관가게가 하는 일이다.

비누 아가씨가 말했다.

"그저께 반납하러 갔는데 도서관이 이제 사라져서요."

"도서관이 폐관했나요?"

"네, 7년 전에 폐관한 것 같아요."

"7년 전?"

"네."

비누 아가씨가 대답하며 시선을 내리깔았다.

나는 주인의 무릎 위에 올랐다. 평소 모습을 되찾길 원했다. 효과는 없었다. 주인은 나를 쓰다듬는 것도 잊고 책을 소중하게 안고 있다.

고양이인 나도 10년이나 살았으니 도서관이 무슨 일을 하는 곳인지 안다. 책을 빌려주는 가게다. 점자 자원봉사자 아이자와 씨는 도서관에서 자주 책을 빌린다고 했다.

보관가게는 보관하는 곳이니 도서관과는 정반대 가게인 셈이다. 우리 가게와 달리 도서관은 수많은 사람이 이용한다니 장사가 잘되는 곳인가 보다. 나는 지금까지 도서관에 라이벌 의식을 느끼고 있었다. 장사가 잘되는 것에 질투심을 느꼈다. 그래도 지금은 아니다. 대여 기간은 기껏해야 1주일이나 2주일이라고 생각했는데, 7년이라니 까마득한 기간이다. 게다가 손님도 수없이 많잖아? 그걸 어떻게 다 기억한담. 장난 아니게 힘든 일이다. 라이벌은커녕 존경할 대상이다.

비누 아가씨가 말했다.

"아름다운 오르골이네요."

어라?

이 두 사람, 뭔가 이상한데.

주인은 기간을 묻고 돈을 청구해야 하고, 비누 아가씨는 돈을 내고 나가야 한다. 그렇게 일을 척척 진행해야 하는데 느긋하게 잡담이나 나누고 있다. 그것도 책과 관계없는 삼천 포로 빠졌다.

주인은 삼천포 대환영인지 기뻐하며 말했다.

"보실래요?"

그러더니 나를 무릎에서 살며시 내리고는 유리 진열장을 열어 오르골을 꺼냈다. 나는 오르골을 좋아해 기뻐서 어쩔 줄 몰랐다. 늘 하던 것처럼 늘씬하고 아름다운 손가락으로 태엽을 감은 주인은 오르골을 비누 아가씨 앞에 두었다.

"뚜껑을 열어보세요."

비누 아가씨는 고개를 끄덕이더니 양손으로 뚜껑을 살며시 열었다. 내가 정말 좋아하는 노래가 시작되었다. 이 노래가 흐르면 내 목은 의식하지 않아도 골골 울리고 몸에선 흐물흐물 힘이 빠져 발라당 배를 보이고 싶다. 진짜 좋아, 이 노래. 예쁜 색의 작은 공이 통통 튀어 오르는 음색이다.

통통, 통통, 통통.

그러나 아쉽게도 노래가 흐르는 시간은 아주 잠깐이다.

노래가 끝나자 비누 아가씨가 물었다.

"멋진 노래네요. 제목이 뭐죠?"

주인은 「트로이메라이」입니다, 슈만의" 하고 대답하며 깜박했다는 듯 나를 안아 무릎에 올렸다.

"CD를 살까 봐요."

비누 아가씨가 말했다.

그러자 주인이 망설이며 대답했다.

"오르골로 듣는 것과 느낌이 좀 다릅니다."

예전에 주인도 CD를 사서 들었는데 오르골 「트로이메라이」가 더 좋았는지 최근에는 듣지 않는다.

주인은 몇 번이나 침을 삼켰다. '괜찮으시면 CD를 드릴게요'라고 말하고 싶은데 참고 있다. 안 하는 편이 나을 거야.

너무 허물없잖아. 그리고 CD의 「트로이메라이」는 완전히 다른 노래 같다. 전혀 마음을 울리지 않아.

둘은 마치 친구 사이처럼 대화를 이어갔다.

"이 오르골은 가게 것인가요?"

비누 아가씨가 물었다.

"맡은 물건입니다."

"멋있어요. 유리 진열장 안에 있어서 훨씬 더 아름다워 보여요. 맡으신 물건은 원래 여기에 두시나요?"

"아니요. 보통은 안방에 넣어둡니다. 이건 특별한 물건이에요. 가끔 손에 들고 소리를 듣는 것이 맡는 동안의 조건이어서요."

그러자 비누 아가씨는 생각에 잠겼다. 그러더니 "제 책도 여기에 넣어주실 수 있나요?" 하고 물었다. 주인의 동의도 얻지 않고 유리 진열장에 오르골을 넣더니 그 옆에 책을 나란히 놓았다. 그리고 한참 두 물건을 바라보고 만족스럽게 말했다.

"이렇게 하니까 책이 행복해 보여요."

주인은 비누 아가씨의 말을 하나도 놓치지 않으려고 지그시 귀를 기울였다. 온 힘을 다해 상상하고 있다. 책이 행복해 보이는 광경을.

그때 포렴이 크게 흔들렸다. 질투다. 강한 바람에 비누 아가씨의 머리카락도 흔들렸다. 바람의 자극을 받아 주인은 겨우 일 모드로 돌아왔다.

"며칠 동안 맡기실 건가요?"

"으음, 며칠로 할까? 6월 3일 저녁에 가지러 올게요."

"6월 3일이요?"

"네, 그날 결혼하거든요. 결혼식 마치고 가지러 올게요."

평소라면 재빨리 계산해서 며칠간 얼마라고 금액을 말했을 텐데 주인은 묵묵히 내 등을 쓰다듬고 있다. 표정은 변함없었으나 손바닥을 통해 주인의 낙담이 전해졌다.

주인의 첫사랑과 실연은 같은 날에 찾아왔다. 그것도 이렇게 짧은 시간에. 나는 주인을 동정했지만 포렴은 기뻐하며 하늘하늘 흔들렸다. 어휴, 무신경한 여자네.

비누 아가씨는 "그 고양이, 안아봐도 될까요?" 하고 물었다.

주인은 나를 비누 아가씨에게 건넸다. 그때 비누 아가씨와 주인의 손이 가볍게 스쳤다.

주인의 뺨이 살짝 붉어지는 것이 보였다.

냄새가 난다. 비누 아가씨에게 안기자 비누에 뒤덮인 기분이었다. 손을 아주 열심히 닦는 사람일까? 아니면 옷까지 비누로 빨지도 몰라.

"그 책은 빌린 게 아니에요."

비누 아가씨가 말했다.

"훔쳤어요. 20년 전에."

엄마야! 이 사람, 도둑이었어?

아름다운 목소리로 엄청난 고백이다. 표정도 마치 오늘 날씨가 어떤지 잡담하듯 평온하다.

설마 오르골을 훔쳐 갈 생각은 아니겠지?

아니면 나를 훔쳐 가려는 걸까?

주인은 동요하지 않고 묵묵히 귀를 기울였다. 비누 아가씨의 존재에는 동요했으면서 도둑질에는 관대하다.

비누 아가씨가 말을 이었다.

"저, 당시에 도서관 회원증이 없었어요. 누구나 간단히 만들 수 있는데 주민등록을 하지 않으면 만들지 못하거든요."

비누 아가씨는 손가락으로 내 턱을 간질간질 긁었다. 기분 좋다. 비누 아가씨는 고양이와 동거한 적이 있나 보다. 주인보다 고양이를 잘 다룬다.

"어린 시절엔 제가 갖지 못한 것에만 눈독을 들였어요. 친구의 도서관 회원증이 부러웠죠. 친구가 빌려주겠다고 했는데 왠지 싫었어요. 부럽다는 감정이 시커먼 연기처럼 배 속을 항상 꽉 채운 느낌이었어요."

시커먼 연기는 주인이 꽁치를 구울 때 나는 연기의 색이다. 그게 배 속을 꽉 채웠다고 상상해봤는데 그렇게 나쁘지 않았다. 비누 아가씨는 시커먼 연기가 싫은가 보다.

"일부러 도서관을 멀리했는데, 어느 날 너무 가보고 싶어서 안으로 들어갔어요. 초등학교 3학년 가을이었죠. 책이 얼마나 많은지, 꿈만 같았어요. 들어가자마자 보인 정면 서가에 이 책이 있었어요. 표지에 반해서 읽고 싶었죠. 잘 보니 똑같은 책이 열 권이나 있었어요. 다른 책은 다 한 권씩인데 이것만 열 권 꽂혀 있었죠. 저렇게 많으니까 하나쯤 가져가도 들키지 않겠다고 생각했어요. 그래서 카디건 아래에 몰래 숨겨서 가져왔죠. 저를 꾸짖는 사람도 없었고, 쉬웠어요."

그러자 주인이 물었다.

"재미있는 책이었나요?"

도둑질한 죄를 뭉뚱그려주려고 책 내용에 초점을 맞춘 거다. 그런데 비누 아가씨의 대답은 예상 밖이었다.

"읽지 않았어요. 그날 집에 돌아가서 책을 본 순간, 그 책이 너무도 끔찍해 보였죠. 가슴이 답답해져서 서랍 깊숙이 숨겨버렸어요. 그렇게 읽고 싶었던 책인데 건드리기 싫었죠. 참 제멋대로였어요."

포렴이 흔들렸다. 그러게, 정말 제멋대로인 여자네! 탓하는 것 같다. 저 포렴은 아까부터 질투로 쭈글쭈글해졌다.

"이사할 때마다 책을 버리려고 했는데, 언젠가 꼭 돌려줘야겠다는 생각에 버리지 못하고 20년이나 갖고 다녔어요."

"괴롭지 않았나요?"

"사실 평소엔 잊고 있었어요. 지금은 주민등록도 했고 호적도 있으니 저는 평범해졌어요. 도서관 회원증도 만들려고 하면 만들 수 있죠. 만들진 않았지만요. 아무래도 죄책감 때문에."

죄책감이 뭘까?

이야기 흐름으로 봐선 **미안하다는 감정**이려나.

"결혼을 앞두고 짐을 정리하는 도중에 이 책을 발견했어요. 이번에야말로 꼭 돌려줄 생각으로 전철을 타고 전에 살던 마을로 온 거예요. 그런데 도서관이 사라져서 결국 돌려줄 방법이 없어졌네요. 돌려주지 못하니까 괜히 더 신경이 쓰여요. 한동안 멀리하고 싶어서 여기로 가져온 거예요."

"결혼식을 마치면 괜찮아질 것 같나요?"

"모르겠어요, 모르겠는데, 결혼하면 예전의 저로는 돌아가지 않겠죠? 제가 있을 곳을 손에 넣었으니까요. 이번에야말로 그 책과 마주할 생각이에요."

"읽어보실 건가요?"

"네. 읽으려고 해요. 이 책도, 제 과거도 모두 받아들여야 앞으로 나아갈 수 있을 것 같아요."

주인은 소중히 보관하겠다고 말하며 금액을 알려주고 돈을 받았다. 비누 아가씨는 나를 끌어안고 일어서더니 말했다.

"그럼 안녕, 포치드 에그."

으잉! 어떻게 내 본명을 알고 있지?

주인도 놀라서 되물었다.

"포치드 에그요?"

비누 아가씨는 나를 방석 위에 내려놓았다.

"네, 가게에 막 들어섰을 때 방석에 앉은 이 아이가 포치드 에그처럼 보였어요. 수란이요. 하얗기도 하고, 잘 삶으면 이렇게 몽실몽실 부드럽거든요. 저, 포치드 에그를 좋아해서 자주 만들어요. 구운 머핀에 올려서 먹으면 맛있어요."

주인도 포치드 에그를 좋아해서 자주 만든다. 아이자와 씨는 어려워서 못 만들겠다고 했다. 눈이 잘 보여도 쉽지 않은 요리를 주인은 능숙하게 해낸다. 집안 살림도 가게 일도 그렇다. 수도 없이 실수하고 연습을 거친 끝에 마지막에는 잘 해낸다. 요령을 파악한다. 주인은 안방에서는 대단한 노력가인데 사람들에게 들키지 않으려고 가게에서는 멀끔한 얼굴을 하고 있다.

그건 그렇고 머핀이라. 주인은 포치드 에그를 머핀에 올려서 먹지 않는다. 머핀이 뭐지? 방석 같은 건가?

주인은 자기도 포치드 에그를 좋아한다고 말하지 않았다. 대신에 늘 그렇듯이 거짓말을 했다.

"그 아이도 맡은 물건입니다."

"이름은요?"

"사장님이에요."

"어머, 여자앤데요?"

그러자 주인은 깜짝 놀랐다. 그러면 그렇지, 내가 여자애인 걸 몰랐구나. 하긴, 내가 흰 고양이인 것도 점자 자원봉사자인 아이자와 씨가 가르쳐줘서 알았다. 저 아름다운 손가락은 점자는 잘 읽어도 털빛이나 성별은 못 읽는다.

비누 아가씨가 나갔다. 냄새를 남기고. 주인은 한참 정신을 놓고 있다가 돈을 넣으며 무심히 중얼거렸다.

"이름…."

아이고, 주인이 깜박하고 이름을 안 물어봤다. 이런 실수는 처음이다. 처음 해본 사랑에 처음 해본 실연이니 무리도 아니다.

불러와야지. 말은 통하지 않아도 야옹야옹 울면 알아차릴 거다. 비누 아가씨는 감이 좋다. 내 이름도 금방 알아차렸다.

나는 가게를 나와 상점가를 달렸다. 냄새를 맡아보니 비누 아가씨는 아직 상점가를 걷고 있다.

아아, 저기 보인다. 연한 갈색 머리. 기다려!

울면서 달렸다.

내 울음소리는 도움이 안 된다. 달리면 점점 뒤로 밀려나서 비누 아가씨에게 도달하지 못한다. 비누 아가씨는 상점가를 빠져나가 그 앞의 건널목을 건너기 시작했다. 이제 내 영역의 끝까지 왔지만, 용기를 내서 뒤를 쫓았다. 비누 아가씨는 건널목을 다 건넜을 즈음 내 울음소리를 듣고 뒤를 돌아보았다.

웃는 얼굴이 아니다. 비누 아가씨가 깜짝 놀란 얼굴로 뭐라고 외쳤다. 그러나 그 소리는 끼익 하는 어마어마한 소음에 지워졌다. 나는 소음이 들리는 쪽을 보았다.

커다란 집채 같은 덩어리가 나를 향해 달려온다!

두려워서 몸이 굳었다.

그러자 소리도 시야도 사라졌다.

아무것도 없다.

다음 순간, 비누 냄새가 확 났다. 비누 아가씨의 손가락이 나를 붙잡아 하늘로 휙 던졌다. 나는 허공에서 빙글빙글 돌아 탁 착지했다.

정신을 차리자 어느새 상점가 입구에 서 있었다. 둘러보니 건널목 한가운데에 집채처럼 커다란 트럭이 멈춰 있고, 운전석에서 아저씨가 내려 아래를 들여다보고 있었다.

조금씩 소리가 돌아왔다.

비명을 지르는 아줌마의 목소리, "구급차"라고 연발하는 남자의 목소리에 시끄러운 온갖 소리가 섞여 들렸다. 비누 아가씨는 보이지 않는다. 벌써 돌아갔나 보다.

나도 돌아가자.

터벅터벅 상점가를 걸었다.

6월 3일, 비누 아가씨는 보관가게로 돌아온다. 어쩌면 비누 냄새는 사라지고 다른 냄새가 날 수도 있겠지만, 내겐 비누 아가씨의 얼굴이 보이니까 "비누 아가씨야" 하고 주인에게 말해줘야지. 뭐, 주인은 귀가 밝으니 종소리 같은 그 목소리를 들으면 금방 그녀인지 알아차릴 것이다.

보관가게로 들어서자 주인이 움찔하며 귀를 기울이더니 내가 들어온 것을 알고 "사장님, 이리 온" 하고 나를 불렀다.

나는 주인의 무릎 위로 올라갔다. 주인은 내 등을 부드럽게 쓰다듬었다. 마치 점자책을 읽는 것처럼 반복하고 또 반복해서 손을 움직였다. 내 마음을 읽으려는 것 같다. 그건 불가능해.

유리 진열장이 보인다. 내가 사랑하는 오르골과 비누 아가씨의 책이 나란히 놓였다.

주인에게 6월 3일은 어떤 날일까.

그날, 비누 아가씨가 온다. 몹시 기다려지는 날이지만 그때면 비누 아가씨는 이미 누군가의 아내다. 쓸쓸한 날이기도 하다. 누군가의 아내가 되면 그 멋진 냄새는 사라질지도 몰라.

생각에 잠겨 있는데 멀리서 사이렌 소리가 들렸다.

삐뽀, 삐뽀, 삐뽀, 삐뽀.

멀어서 그리 시끄럽진 않았다.

6월 3일, 그날까지 반달 동안 주인은 겉보기에 변함없는 일상을 보냈다.

오전 7시에 보관가게를 열고 11시에 잠깐 닫고, 오후 3시부터 다시 열어 저녁 7시에 완전히 닫는다. 손님은 하루에 한 명 있을까 말까로, 기다림이 일이다. 주인은 기다리면서 점자책을 읽는다.

주인을 사랑하는 포렴과 건방진 유리 진열장은 모르는데 나는 안다. 주인은 그날부터 줄곧 비누 아가씨를 기다리고 있다. 기다림이 일이지만 이번에는 일이 아니라 마음으로 기다린다.

왜냐하면, 그날부터 주인은 매일 포치드 에그를 만들고

있거든. 그것도 전과는 다른 방법에 도전한다.

전에는 하얀 밥그릇에 밥을 담고 그 위에 포치드 에그를 올렸다. 하얗고 부드러운 달걀을 조금씩 숟가락으로 부서뜨리며 노른자와 밥을 잘 비벼서 먹는다. 다른 사람은 어떻게 먹는지 모르겠는데, 눈이 보이지 않는 주인은 먹는 것도 하나하나 노력해야 한다. 예를 들어 카레라이스. 카레를 얹은 다음 밥과 골고루 섞어서 먹는다. 잘못해서 밥만 혹은 카레만 남지 않도록 주의한다.

비누 아가씨가 왔던 그다음 날, 주인은 처음으로 하얗고 동그랗고 평평한 빵 위에 포치드 에그를 올렸다. 그게 비누 아가씨가 말한 머핀인가 보다.

머핀에 포치드 에그를 올린 것까지는 좋은데, 주인은 그걸 어떻게 먹으면 좋을지 몰라서 고민 끝에 양손으로 들고 깨물었다. 주인의 앞니에 포치드 에그가 부서져서 노른자가 코에 묻고 손가락에 묻고 바닥에도 흘러내렸다. 주인은 "아악" 하고 작게 비명을 질렀다.

그래도 주인은 질리지 않고 매일 만들었다. 포치드 에그 머핀 먹는 훈련을 몇 번이고 반복해서 5월 말에는 나이프와 포크로 깔끔하게 먹는 데 성공했다. 주인은 노력가라 포기하지 않고 극복한다.

이제 비누 아가씨와 같이 먹는 날이 와도 괜찮다. 같이 먹을 일은 없겠지만 만약을 위한 연습이다.

6월이 되어 문득 생각했다. 어쩌면 비누 아가씨는 이제 안 올지도 모른다. 손님은 변덕이 죽 끓는다. 가지러 오지 않는 사람이 많다.

비누 아가씨는 결혼하고 행복해져서 자기가 있을 곳에 만족했을 것이다. 과거에 훔친 책은 생각하고 싶지도 않겠지. 그러니까 비누 아가씨가 가게에 오지 않는다면 그녀가 행복해졌다는 뜻이다. 그렇게 마음을 다독이며 3일을 맞이했다.

그날은 맑았다. 결혼하기 좋은 날이다. 주인은 평소처럼 가게를 열고 평소처럼 점자책을 읽으며 손님을 기다렸다. 그 중에서도 비누 아가씨를 기다렸다. 비누 아가씨가 낸 요금은 오늘까지로, 결혼식을 마치면 가지러 오겠다고 했다.

포렴이 흔들렸다. 주인은 가만히 귀를 기울였다. 그러나 비누 아가씨 냄새는 나지 않고 종소리 같은 목소리도 아니었다.

"간판이 없는데 여기가 보관가게 맞수?"

들어온 손님은 허리가 둥글게 굽은 할머니였다. 목소리가 크다. 귀가 어두운가 보다. 보자기를 들고 있다. 나는 이 할머니를 잘 안다. 상점가 입구의 가게 창문에서 항상 얼굴만 보여주는 할머니다.

"어서 오세요, 보관가게입니다."

주인이 큰 소리로 인사하며 자리에서 일어섰다. 목소리와 발소리에서 연배가 있는 것을 알았는지 할머니에게 손을 내밀어 마루 위로 올라오도록 도왔다.

할머니는 방석에 앉더니 보자기를 내밀었다.

"처음 왔는데, 어떻게 맡기면 되나?"

주인은 보자기를 양손으로 안고 "통째로 맡을까요? 보자기는 어떻게 하시겠어요?" 하고 물었다.

"어쩌지."

할머니가 망설였다.

"보자기는 가져가리다."

"그럼, 열겠습니다."

주인이 매듭을 풀었다. 그러자 전기밥솥 크기의 알루미늄 양손냄비에 조그만 담뱃갑이 잔뜩 들어 있었다. 주인은 알루미늄 냄비를 손으로 만지고 그 안에 든 담뱃갑 하나를 손에 들었는데 냄새로 뭔지 알았나 보다. 알루미늄 냄비는 오래 사용해서 거무칙칙했고 군데군데 살짝 팬 곳도 있었다. 깨끗이 닦아서 그을음이나 오염은 없었다.

"곧 이사해서 물건을 처분하는 중인데, 그건 도저히 못 버리겠더라고."

"가시는 곳으로 가져가면 안 되나요?"

할머니는 잠시 침묵하다가 싱긋 웃었다.

"아들이 같이 살자고 해서. 며느리가 밥을 차려줄 테고 부엌도 최신식이니 이런 냄비는 필요 없을 거유."

할머니의 앞니는 위에 하나, 아래에 하나가 간신히 남아 있었다.

주인이 미소 지었다.

"효심이 깊은 아드님이네요."

그러자 할머니는 "아무렴요" 하며 가슴을 폈다. 허리가 굽어서 고개를 조금 내미는 정도였는데 마음은 전해졌다. 자식이 칭찬을 받아서 기쁜가 보다.

"며칠간 맡기시겠어요?"

"글쎄요."

"이사하시면 이제 가지러 못 오시지 않나요?"

"그렇지."

"하루로 하시겠어요? 100엔입니다."

"어쩔까."

결말이 나지 않는 대화다. 이런 손님은 100엔을 내고 하루만 맡기겠다고 하고 돌아가면 된다. 어차피 버리러 온 거니까. 직접 버리긴 망설여져서 주인에게 대행을 부탁하는 거다. 다들 하는 짓이다. 그것도 자주.

할머니는 미련이 가득한 말투로 말했다.

"이 냄비는 우리 친정 엄마가 주신 거라오."

"어머님께서요?"

"내가 시집갈 때 가재도구를 하나도 못 갖춰준 대신 쓰던 냄비를 벅벅 닦아서 주셨어."

"어머님이 멋지셨네요."

"참 편리한 냄비야. 그거 하나로 뭐든지 만든다오. 괴로운 일이 생겨도 냄비를 닦으면 여기가 아주 후련해졌어."

할머니가 명치를 쓰다듬었다.

"대형 쓰레기 버리는 날 있지? 계속 버리려고 갖고 갔는데 두고 올 수가 없더라고."

"소중한 물건이라면 놓지 말고 갖고 계시는 게 좋아요."

주인의 말에 할머니는 생글생글 웃으며 고개를 저었다. 그리고 품에서 지갑을 꺼내 100엔 동전을 바닥에 놓았다.

할머니는 냄비를 향해 이마가 바닥에 닿도록 "그동안 수고하셨습니다" 하고 절했다. 그리고 일어섰다. 주인이 이름을 묻자 도메라고 대답했다. 주인은 할머니가 마루에서 내려서는 것을 도왔다.

"또 봐요."

할머니가 그 말을 남기고 포럼을 지날 때 주인이 조용히 말했다.

"계속 여기에서 보관하고 있겠습니다."

그렇게 작은 목소리면 들리지 않을 게 뻔한데. 할머니는 잠깐 멈춰 서서 허리를 툭툭 두들기고 아무 말 없이 나갔다.

이것이 3일에 생긴 일 전부다. 밤늦게까지 문을 열고 있었지만 비누 아가씨는 결국 오지 않았다.

4일이 되고 5일이 되고 10일이 지나도 비누 아가씨는 나타나지 않았다. 예상하고 있었는지 주인에게 별다른 변화는 없었다. 하지만 포치드 에그는 만들지 않았다. 참고로 할머니의 냄비는 주인의 부엌에서 채소를 삶고 카레를 만들며 대활약 중이다.

6월 말이 됐을 무렵 아이자와 씨가 점자책을 가지고 왔다.

"안녕하세요. 시간이 좀 걸렸지? 이번에는 장편이었어요."

마루에 올라와 점자책을 쿵 내려놓았다. 아이자와 씨는 절대 방석에 앉지 않는다. 내 털이 덕지덕지 묻은 걸 알고 있다. 시력이 좋은 아줌마다.

"늘 고맙습니다."

주인은 뜨거운 차 한 잔을 쟁반에 받쳐 들고 와 아이자와 씨 앞에 놓았다. 아이자와 씨는 고맙다고 말하고 후후 입김을 불며 맛있게 차를 입에 머금었다.

"기리시마 군이 끓여주는 차는 최고야. 일본 차를 전문으로 하는 카페를 열어도 좋겠어요."

"고맙습니다. 보관가게로 먹고살기 어려울 것 같으면 그런 가게를 열어볼게요."

"그때는 날 고용해줘요. 그거 한번 해보고 싶었어. 기리시마 씨가 마스터고 내가, 그러니까."

"웨이트리스요?"

"응, 그거요."

아이자와 씨가 나를 보며 말했다.

"그러면 사장님은 간판 아가씨네."

주인이 눈을 깜박이며 물었다.

"사장님이 암컷인 거 알고 계셨어요?"

그러자 아이자와 씨는 "어머나, 그야 당연하지" 하며 웃었다.

주인은 아이자와 씨가 가져온 점자책을 훌훌 넘기며 중간중간 열심히 손가락으로 확인했다.

아이자와 씨는 "역시 아니야" 하고 말했다.

"여긴 변하면 안 돼요. 보관가게는 계속 이곳에 있는 게 하나의 일이니까."

주인은 점자책에 마음을 빼앗겨 대답하지 않았다. 자주 있는 일이어서 아이자와 씨는 혼자 중얼거렸다.

"아시타마치 곤페이토 상점가도 요즘 들어 많이 변했잖아? 담배 가게가 없어졌을 때는 깜짝 놀랐어요."

"담배 가게요?"

주인의 손이 멈췄다.

"상점가 입구 바로 앞에 있던 작은 담배 가게 말이야. 기리시마 씨는 담배를 안 피워서 모르려나? 예전부터 있었는데 아무래도 입구라 길을 묻는 사람이 많았어요. 거기 주인은 담배 하나 안 사 가는 손님이라도 길을 차분히 알려주곤 했지. 참 괜찮은 할머니였어요."

"할머니요?"

"응. 혼자서 가게를 꾸렸는데, 매출이 떨어져서 세를 못 냈다는 소문이 있어요."

"그래도 은퇴하고 아드님 집으로 이사하셨죠?"

"내가 들은 이야기로는 자식은 물론 가까운 친척도 없어서 시설에 들어갔다고 하던데."

주인은 몇 번이나 눈을 깜박였다. 나도 덩달아 깜박였다.

아이자와 씨가 말했다.

"나도 친척 없는 홀몸이라 내 미래를 보는 것 같아서 조금 섬뜩했어요."

인간은 혼자면 섬뜩한가? 외로움을 많이 타는 동물이구나. 그래도 주인에겐 나라는 딸이 있으니까 괜찮아. 그렇게 말하고 싶어서 주인의 얼굴을 보자 주인도 조금 쓸쓸한 표정을 짓고 있었다. 아이자와 씨 때문에 같이 섬뜩해졌나 보다.

아이자와 씨는 기운을 북돋으려는 것처럼 말했다.

"그래도 변화가 다 나쁘진 않아. 알고 있어요? 상점가 입구에 건널목. 거기에 신호등이 설치됐어요. 소리도 나는 신호등이라 이제 기리시마 군도 안심하고 건널 수 있어."

"그래요? 거긴 대로여서 평생 건너지 못할 거라 생각했는데 다행이네요."

"거기는 차가 많이 다녀서 신호가 필요했어. 초등학교 학부모회 사람들이 열심히 서명운동을 했는데도 좀처럼 쉽지 않았지. 지난달에 사고가 나서 겨우 설치됐어."

"사고요?"

"트럭이 사람을 쳤다나."

"무사했나요?"

"구급차에 실려 갔다고 하던데…. 이 동네 사람이 아니어서 이후에 어떻게 됐는지는 몰라요."

주인은 "그런가요" 하고 입을 다물었다. 신호가 생겨서 다행이긴 해도 사고가 났다는 이야기를 들으니 마냥 좋아할 수도 없다.

문득 내 머릿속에 불길한 생각이 떠올랐다. 하지만 얼른 지워버렸다. 너무나 끔찍한 생각이다.

"어라, 《어린 왕자》잖아. 이거 뭐예요?"

아이자와 씨가 유리 진열장의 책을 보며 기뻐했다.

"어머나, 어머나. 이거 유류품?"

아이자와 씨는 보관 기간이 지난 물건을 '유류품'이라고 부른다. 전당포에서 그렇게 부른다고 한다. 전당포는 물건을 맡고 돈을 주는 시스템이라 우리와는 전혀 다르다.

"조금 봐도 될까?"

아이자와 씨가 진열장에 손을 뻗자 주인이 강한 어조로 막았다.

"아직 보관 중인 물건입니다."

거짓말쟁이. 비누 아가씨의 보관 기간은 벌써 지났다. 완벽한 **유류품**이잖아.

아이자와 씨가 놀란 표정을 지었다. 주인이 이렇게 단호하게 말한 것도 처음이고 어떤 물건에 집착을 보이는 것도 없던 일이라 마음에 걸렸나 보다.

주인이 아이자와 씨에게 물었다.

"그 책, 《어린 왕자》인가요?"

"응, 좀 오래된 것 같은데 《어린 왕자》예요. 예전부터 이 책을 점역할 생각이었는데 기리시마 군이 아동문학이 아니라 어른용 책을 읽고 싶다고 해서 결국 하지 않았어요."

"네."

"기리시마 군도 어렸을 때 읽었어요?"

"아니요. 맹인학교에 점자책 도서실이 있었지만, 그 책은 워낙 인기여서 항상 누가 대출했었죠. 순서를 기다리다가 졸업하고 말았어요."

"어머, 그럼 내용을 모르겠네?"

"네."

"하나도?"

"네."

주인은 유리 진열장을 열어 책을 꺼냈다. 상자를 열어 페이지를 넘기고 손으로 계속 쓰다듬으며 읽으려고 했다. 읽어 뒀으면 좋았겠다고 후회하는 거겠지. 아무리 만져도 점자책이 아니라 못 읽을 텐데. 바보 같이 뭐 하는 거야.

아이자와 씨는 의아해하며 주인을 한참 쳐다보더니 말

했다.

"조금 읽어줄까요?"

주인은 끄덕이며 조심스럽게 책을 내밀었다.

아이자와 씨는 책을 들고 첫 페이지를 펼쳐 조용히 음독하기 시작했다. 주인은 적극적으로 귀를 기울였다.

참 독특한 이야기였다. 수수께끼 풀이 같은 단어와 알쏭달쏭한 표현, 마법 같은 혼잣말. 어른의 마음과 어린이의 마음이 교차하고, 그러면서도 일정한 질서 혹은 음악 같은 리듬이 있는 문장이었다.

아이자와 씨는 음독에 익숙하지 않아서 술술 읽지 못했고 종종 머뭇거렸다. 그래도 그 꾸밈없는 어조가 이야기의 세계관과 절묘하게 맞아떨어졌다.

5분의 1 정도 읽자 아이자와 씨의 목소리가 갈라졌다. 주인도 깨달았다.

"고맙습니다. 오늘은 거기까지면 돼요."

주인이 말했다. 더 듣고 싶지만 배려한 거다. 주인은 누가 뒷머리를 잡아챈 것처럼 묘한 표정으로 아이자와 씨에게서 책을 받아 덮었다. 그 모습을 아이자와 씨가 가만히 보고 있었다.

그날부터 아이자와 씨는 사흘에 한 번꼴로 와서 주인에게 《어린 왕자》를 읽어주었다. 나도 방석 위에서 같이 들었다.

신비로운 시간이었다.

지금까지 아이자와 씨와 주인은 젊고 총명한 남자와 세상 물정 모르는 아줌마 관계였는데, 소설을 읽어주는 시간에는 정반대로 보였다.

주인의 표정이 꼭 어린애 같았다. 종종 상점가에서 엄마의 손을 잡고 걷는 애들처럼. 어른을 전적으로 믿고 뭐든지 맡긴다. 그런 표정으로 아이자와 씨의 목소리에 귀를 기울였다.

그 모습은 내게 충격이었다.

내 기억 속의 주인은 처음부터 어른이었다. 냉정하고 침착하고 동요하지 않으며, 모든 것을 공평하고 다정하게 대하면서도 어딘가 차가웠다. 고집이나 갈등, 집착 같은 격정적인 감정과는 무관했다.

지금은 다르다. 《어린 왕자》에 푹 빠졌다.

그리고 아이자와 씨의 목소리에 의지했다.

처음 보는 주인의 어린애 같은 표정.

주인은 드디어 엄마를 얻은 것이다.

사람은 엄마를 얻어야만 처음으로 어린애가 될 수 있다.

나는 주인의 얼굴에 집중하느라 이야기가 귀에 들어오지

않았는데, 주인은 한 문장 한 문장 가슴에 똑똑히 새기고 있는지 얼굴을 붉히기도 하고 때로는 입술을 잘근잘근 씹기도 했다.

드디어 마지막, 책을 다 읽고 덮은 아이자와 씨에게 주인은 "감사했습니다" 하고 고개를 숙였다.

아이자와 씨는 완전히 걸걸해진 목소리로 "같이 여행을 떠난 기분이어서 행복했어. 그것도 구사쓰草津나 아타미熱海*가 아니라 우주여행" 하고 말하며 가볍게 웃었다.

아이자와 씨가 가게를 나서자 포렴이 가볍게 둥실둥실 흔들렸다. 점자가 아니라 목소리로 읽어줘서 포렴도 처음으로 책의 내용을 알 수 있었다. 주인과 함께 여행을 떠날 수 있어서 기뻐하는 것 같다. 앞으로도 가능하면 책을 읽어달라고 부탁하고 싶겠지?

나도 그렇다. 내용은 잘 기억 안 나지만, 주인의 그 표정을 또 보고 싶었다.

그날 밤이었다.

가게 문은 벌써 닫았고 벽시계가 열한 번 울린 시각이다.

---

* 구사쓰와 아타미 둘 다 온천으로 유명한 관광지다.

주인이 현관을 나섰다. 밖은 어두컴컴하다. 원래 외출은 뒷문으로 하고 낮에만 나가는데, 무슨 일이지? 나는 걱정하며 주인 옆에 달라붙었다.

밖을 걸을 때 주인은 지팡이를 짚는다. 지팡이 소리와 질질 끄는 발소리가 상점가에 차분히 메아리쳤다. 상점은 모두 문을 닫았고 통행인도 없다. 주인은 사람과 부딪칠 염려가 없어서 평소보다 빨리 걸었다. 어둠은 상관없다. 눈이 보이지 않는 사람은 햇빛으로부터 해방된다. 어떤 의미에선 자유다.

이발소를 지나고 정육점을 지나 계속 걷더니 드디어 상점가 입구에 도착했다. 그곳에서 주인은 일단 멈췄다. 귀를 기울이고 있다. 여기에 담배 가게가 있었다. 간판은 아직 남아 있는데 안은 동굴처럼 썰렁해졌다. 꼭 수술 중인 것 같다. 다음에는 어떤 가게가 생길까?

주인은 다시 걸음을 옮겨 상점가를 빠져나갔다. 넓은 길이다. 예전부터 있던 건널목. 새로 생긴 신호등이 빨갛게 빛난다. '보행자는 멈춰라'다.

자동차 몇 대가 지나갔다.

아무리 기다려도 신호는 빨갰다. '건너라'로 바뀌지 않았다. 얼마나 더 기다렸을까. 주인은 더듬거리며 버튼을 찾아 눌렀다. 그러자 곧 빨간 신호가 깜박이고 파랗게 변하더니 삐삐삐삐 소리가 나기 시작했다.

아마 '건너라' 신호인 것 같다.

차 한 대가 건널목 앞에 섰다. 어이, 지금이야. 보행자는 건너도 돼. 자동차 운전자가 의심쩍은 표정으로 주인을 보고 있다. 주인은 건널목 앞에 똑바로 서서 건널 생각을 하지 않았다.

다시 빨갛게 바뀌었다. 자동차가 움직였다. 주인이 금방이라도 뛰어들까 걱정되는지 운전자는 겁을 먹었다. 이쪽을 주의 깊게 관찰하며 앞을 천천히 지나더니 갑자기 속도를 내 사라졌다.

주인은 무표정하게 그저 서 있었다.

나는 생각했다. 주인은 곤페이토에서 태어나 곤페이토에서 자랐다. 맹인학교에 다닌 적이 있다지만 그건 아주 먼 옛날 일이다. 나처럼 영역 밖으로 나갈 용기가 없다. 그래도 가슴 어딘가에는 건널목을 건너 저 너머로 가고 싶다는 욕망이 있지 않을까? 여행을 떠나고 싶은 마음이.

갑자기 떠올랐다. 건널목 저 너머에서 비누 아가씨가 뒤돌아보던 그 얼굴이. 마지막으로 본 표정이 웃는 얼굴이면 좋을 텐데.

지금 주인에게는 보일까? 건너편에 선 비누 아가씨의 모습이? 그럼 건너면 돼. 가고 싶은데 가지 못하는 거지? 한 번 더 버튼을 누르면 어때? 가고 싶다면 같이 가줄게. 어디든 함께.

주인은 갑자기 건널목에 등을 보이고 온 길을 되돌아가기 시작했다. 나는 옆에 있다고 알리기 위해 야옹 울었다. 그러자 주인이 불현듯 "큼" 하고 콜록거리는 소리를 냈다. 올려다보니 주인은 얼굴을 일그러뜨린 채 눈에서 반짝이는 것을 떨어뜨리고 있었다.

눈물이다!

주인이 울고 있어!

놀랐다. 주인은 눈물이 없다고 생각했다.

나는 당황했다. 그야 당연히 뭐든지 없는 것보다는 있는 게 낫다. 지금 상황을 '잘된 일'로 생각하려고 노력했지만 마음처럼 쉽지 않았다.

왜 울어?

《어린 왕자》 때문에?

귀담아듣지 않았는데 마지막에 어린 왕자는 사라진다. 꼭 죽어버린 느낌이었다. 갑자기 찾아왔다가 사라진 비누 아가씨는 주인에게 어린 왕자고, 비누 아가씨도 죽었다고 생각해서 슬픈 걸까?

나는 안절부절못하며 울었다. 야옹야옹 울었다. 왜 우는지 나도 모르겠다. 평소와 다른 주인 옆에서 나는 정신을 놓고 울며 밤의 상점가를 걸었다.

보관가게에 돌아오자 목소리가 완전히 갈라져서 책을 다 읽어준 뒤의 아이자와 씨처럼 되고 말았다.

다음 날부터는 평소 그대로의 주인이었다.

유리 진열장에는 오르골과 《어린 왕자》가 나란히 놓였다. 주인은 가끔 오르골은 열어보아도 《어린 왕자》는 펼치지 않았다. 펼쳐도 읽지 못하니까 하지 않는다. 그래도 매일 아침 존재를 확인하듯이 손에 들고, 가게를 닫을 때는 잘 자라고 말하듯이 살짝 손바닥을 올렸다.

주인은 비누 아가씨를 기다리고 있다.

다행이다. 주인은 믿고 있다. 비누 아가씨가 돌아온다고.

비누 아가씨를 기다리기 시작하면서 주인에게서 조금 남자 냄새가 났다. 여전히 모든 손님을 공평하게 대하지만, 그래도 마음은 확실히 남자가 됐다.

주인은 기다리지만 비누 아가씨는 오지 않는다.

혹시, 내 탓인가?

배 속에 모래가 들어찬 것처럼 괴롭다.

이게 **미안하다는 감정**, 죄책감이구나. 비누 아가씨가 책을 훔친 죄책감을 품고 살아온 것처럼 나도 이 감정을 품고 살아가야 한다.

그래도 나는 미안하다고 말하지 않는다. 애초에 인간의 말은 못 하지만 말할 수 있더라도 절대로 말하지 않는다. 말해버리면 비누 아가씨를 영원히 잃어버리니까.

어쩌면 비누 아가씨는 무사하고, 어쩌면 비누 아가씨는 돌아온다.

내가 할 수 있는 일은 희박한 가능성을 믿는 것. 주인이 믿는 것을 나도 믿고, 주인과 함께 비누 아가씨를 기다려야지.

계속, 계속.

오래 살아야겠다.

에
필
로
그

오늘은 날씨가 화창하다. 보이지 않아도 나는 안다.

방석이 폭신폭신하고 얼굴에 닿는 햇빛이 선명하다.

나, 몇 살이더라? 으음….

까먹었다.

아주 오래 살았는데 전혀 질리지 않는다. 매일 변화와 발견이 있다.

봐봐. 이제 나, 걸음이 위태위태하다.

사람들은 이걸 노화라고 부르는데, 나는 성장의 하나라고 생각한다.

조금씩 하지 못하는 것이 늘어난다.

마루에는 올라갈 수 있지만 지붕에는 못 올라간다. 이빨

수도 줄었다. 그래서 부드러운 음식만 먹는다.

그래도 맛은 느낀다.

세상이 점점 나처럼 변해가더니, 그러니까 새하얗게 되더니 결국엔 아무것도 보이지 않게 되었다.

내 눈이 막 나빠지기 시작했을 때 제일 처음 알아차린 사람은 아이자와 씨였다.

"사장님을 병원에 데려가려고 해요."

그러자 주인이 의아해하며 물었다.

"어디 안 좋은가요? 밥도 잘 먹고 소화도 잘 시키는데요."

아이자와 씨는 "이제 할머니 고양이니까 슬슬 진찰해야지 않겠어요?" 하고 나를 장바구니에 넣었다.

가게를 나서자 바구니 틈새로 저녁 해가 보였다. 전체적으로 하얀 막이 껴서 맑은 오렌지색으로 보였다.

상점가를 걷는 아이자와 씨의 장바구니 안에서 나는 생각했다.

아이자와 씨는 내 나쁜 눈을 쑥쑥 빼고 좋은 눈을 푹푹 넣을 셈이다. 아이자와 씨는 그 수술 덕분에 지금 눈이 잘 보인다. 내게도 그 비법을 사용하려는 거다.

친절한 배려인데, 괜한 참견이다.

나는 마음을 먹고 장바구니에서 뛰어내렸다. 앞다리가 꺾여서 얼굴을 땅에 박았다. 이쯤은 아무렇지도 않아.

아프다는 건 살아 있다는 뜻이고, 걸을 수 있으니까.

아이자와 씨가 "어머" 하고 소리쳤지만 따라오진 않았다. 마음이 통했나 보다.

나는 타박타박 상점가를 걸어 돌아갔다.

보관가게에 돌아가 마루에 올랐다. 주인이 나를 깨닫고 새하얀 안개 너머에서 싱긋 웃었다.

그날부터 나는 일어나 있는 동안 계속 주인의 얼굴을 바라보았다.

매일매일 바라보았다.

절대로 잊지 못할 정도로 보고 또 봐서 언젠가 보이지 않게 되더라도 하나도 겁나지 않았다.

어느 날 아침, 이 세상에 냄새와 소리만 남았다.

처음에는 놀랐지만, 괜찮다. 맛도 느끼고 만졌을 때의 느낌도 있다. 잃은 것은 빛뿐이다.

이걸로 주인과 세계가 같아졌다.

바람을 느끼면 포렴이 흔들리는 것을 상상할 수 있고 달콤한 냄새로 맛있는 음식을 상상할 수 있다. 맛있는 음식은 여전히 맛있고 「트로이메라이」는 통통 튀는 예쁜 공을 떠올리게 해준다.

잘 보인다. 머릿속에서, 또렷하게 보인다.

주인이 있는 세계에 와보니 이곳은 실제 세계보다 조금 더 아름다웠다.

매우 평화롭다. 주인도 행복하다는 걸 알고 나는 안심했다.

여기에서 기다린다. 나도 주인도 기다린다.

기적을 기다린다.

그러던 어느 날.

포렴이 흔들렸다. 그리고 비누 냄새가 났다.

나와 주인은 동시에 비누 아가씨를 보았다.

특별수록

왼손잡이 씨

첫날

"…고양이군요."

귀가 움찔했다.

벽장 속 이불 위에서 쿨쿨 낮잠을 자던 내 귀에 갑자기 날아 들어온 주인의 말이다.

여기는 보관가게다.

아시타마치 곤페이토 상점가 안쪽에 고즈넉이 있는 가게로, 돈을 받고 물건을 보관하는 독특한 장사를 한다. 소문을 들어보면 이런 가게가 다른 곳에는 없다고 한다.

아무튼 지금까지 주인과 손님 사이에 어떤 대화가 오갔는지 거실 벽징에시 자던 나는 모른다. "고양이군요"로 대화가 끊기고 고요했다.

벽장 안에서 크게 하품하고 기지개를 켰다. 만사태평이라 이러는 게 아니다. 마음을 진정시키는 방법이다.

보관가게는 주인 혼자서 꾸린다. 주인은 남자고 30년쯤 산 것 같다. 기억력이 최고인 데다 머리도 좋은데 세상 물정에 어두운 면이 있어서 영원히 청년 같은 분위기다. 비누로 막 씻은 것처럼 아름다운 얼굴이다.

여자 친구는 없다. 연애 경험도 (내가 본 바로는) 없는 것 같다.

나? 주인은 나를 '사장님'이라고 부르지만 나는 경영에 관여하지 않는다. 같이 사는데 부부는 아니다.

그나저나 조금 전의 "고양이군요"는 뭐람?

설마 고양이를 보관하는 건가?

한 지붕 아래 다른 고양이가 있다고 생각하니까 긴장된다. 나도 고양이인데.

더군다나 곤란하게도 나는 고양이 말을 잘 알아듣지 못한다. 고양이 실격이다. 태어나서 쭉 주인과 살아서 인간 말을 훨씬 잘 안다.

고양이 말은 난해하다. 미묘한 음의 차이와 **눈빛**으로 의미가 달라진다. "저리 가"랑 "이리 와"가 똑같다니까. 실수하는 바람에 고양이 펀치를 얻어맞은 적이 두 번 있어서 그 후로 고양이와 어울리는 건 최대한 피한다. 고양이와 대화하지 않으니까 점점 더 고양이 말을 모르게 된다.

그래도 상점가 고양이들과는 그럭저럭 교류한다. 인사쯤은 해두지 않으면 호된 꼴을 당하니까. 그 애들이 하는 말은 띄엄띄엄 음, 절반 정도는 이해한다. 카레집 까만 고양이 폰타는 나를 좋아하는지 아주 바짝 다가오는데 말이 빨라서 "기기기…"라고만 들린다. 윤기 흐르는 까만 털, 생명력 넘치는 굵은 다리, 금빛 눈동자. 멋진 고양이지만 이 가는 것 같은 소리를 들으면 로맨스고 뭐고 없다.

나는 숙녀고 한창때라 연애를 동경한다. 하지만 언어의 장벽은 높다.

"하루 100엔입니다. 며칠 동안 보관해드릴까요?"

주인이 말했다. 손님은 대답이 없다. 대신 바스락바스락하는 소리, "앗" 하는 목소리, 돈이 다다미 위로 후드득 떨어지는 소리가 났다.

조심성 없는 손님인가 보다.

하나하나 줍는 소리, 건네는 기척을 느꼈다. 나이가 많나. 가게를 엿보면 알 수 있지만 거기에 고양이가 있으면 싫을 것 같아 고개를 내밀지 못하겠다.

"700엔이군요. 그럼 1주일 동안 보관하겠습니다."

주인이 말했다.

"1주일이 지나도 찾으러 오시지 않으면 보관품은 제 것이 됩니다. 그래도 괜찮으신가요?"

주인이 혼자 말한다. 대답은 없다. 무뚝뚝한 손님이다.

달려 나가는 기척이 났다. 갔구나. 어디 사는 누군지 "앗" 만으로는 모른다. 달려갔으니 건강은 괜찮나 보다. 노인은 아니고 눈도 보이겠지.

주인은 눈이 보이지 않는다. 집 안은 자유롭게 돌아다니지만 밖에서는 지팡이를 들고 지면을 확인하며 천천히 걷는다.

나는 벽장 안에서 숨죽이고 기다렸다.

곧 주인이 보관품을 넣으러 온다. 그때 여길 지나니까 맡은 '고양이'가 보일 거다.

주인은 벽장문을 늘 조금 열어둔다. 벽장만이 아니다. 사방의 문을 내 머리 하나 크기만큼 열어둔다. 그래서 나는 집 안과 밖을 자유롭게 들락거릴 수 있다.

그래도 안쪽 방은 출입 금지다. 문은 튼튼하고 주인이 자물쇠로 잠근다. 보관품은 대부분 거기에 들어간다. 도둑이 이 가게에 들어오는 건 간단하지만 안쪽 방에는 들어가지 못한다. 한밤중에 숨어든 도둑이 안쪽 방문 앞에서 한참 낑낑거리다가 결국 포기하고 돌아가는 것을 목격한 적이 있다.

내가 집 지키는 개였다면 그럴 때 멍멍 짖어서 쫓아냈겠지. 하지만 나는 고양이고, 고양이는 임무가 없고, 안쪽 방을 엿보고 싶은 마음도 있어서 도둑이 자물쇠 여는 걸 두근두근 기다렸다. 아쉬운 듯 혀 차는 소리가 들렸을 때 실망해서 어휴, 하고 크게 한숨이 나오는 바람에 도둑이 놀라 도망쳤다.

보관품이 전부 안쪽 방에 들어가는 건 아니다.

예를 들어 냉장고. 응, 그렇다니까. 냉장고도 맡기는 사람이 있다. 그렇게 큰 건 안으로 옮기지 못한다.

또 자전거. 그건 뒷문 쪽 봉당에 놓는다.

금붕어를 맡았을 때는 어항을 거실에 뒀다. 선명한 귤색이었고, 위에서 보면 가늘고 멋진데 옆에서 보면 너부데데했다. 각도에 따라 다르게 보이는 게 재미있어서 지루한 줄 모르고 봤는데 주인이 "먹으면 안 돼"라고 말했다.

금붕어를 먹는다고? 말도 안 돼.

생물로는 개도 맡은 적이 있다. 개는 봉당에 있었다. 그때는….

아, 주인이 왔다. 손에 보관품을 안고 있다.

저게 '고양이'야?

퉁퉁하고 반질반질하고 수박보다는 작은데 멜론보다는 크고 하얗다. 나도 하얗다. 그래도 나는 털이 있다. 보관품은 털이 없다. 고양이가 아니다.

일단 안심했다.

보관품에서 두둥실 묘한 냄새가 났다. 뭘까? 맡아본 적이 있는 것 같기도 하고 없는 것도 같고.

주인은 안쪽 방 앞에 멈춰 서서 보관품에 코를 대고 냄새를 맡았다. 이어서 자기 손바닥 냄새도 맡고 잠깐 고민했다. 보관품을 안쪽 방에 둘지 말지 고민하는 것 같다.

"계시나요?"

가게에서 소리가 들렸다.

주인은 "지금 갑니다"라고 대답한 뒤 그것을 다다미 위에 내려놓고 가게로 돌아갔다.

나는 벽장에서 나왔다. 충분한 거리를 두고 보관품을 빤히 살폈다. 물건인데 꼭 이쪽을 보는 것 같다. 살기는 느껴지지 않는다. 다가가서 냄새를 맡았다. 으음, 역시 어디서 맡아본 냄새다. 어디였더라.

앞다리로 살짝 만져보았다. 꼼짝 안 한다. 두 배쯤 힘을 줘서 만졌다.

아, 이런! 끈적거리잖아!

쉽지 않은 상대다. 끈적끈적 공격을 펼치다니. 얼른 앞발 젤리를 핥는데 기름 같은 맛이 났다.

겉보기에는 반질반질한데 만지면 끈적끈적하다. 무늬가 있다. 멀리서는 동그랗게 보였는데 자세히 보니 형태가 비뚜름했고, 위에는 삼각형이 두 개 있는데 빨간색을 칠했다. 그 아래에 커다란 동그라미 두 개가 옆으로 나란하다. 그 아래에 뭔지 모르겠는 무늬가 있고, 그보다 더 아래에 빨간 선이 빙그르르 뒤까지 연결돼 있고, 가운데에 금색 동그라미가 하나 있다.

전체적으로 항아리 같은데 꼭대기에 구멍이 없다.

이게 뭐지?

두 개의 까만 동그라미가 이쪽을 노려보는 것 같아서 갑자기 무서워졌다. 도망치듯이 가게로 가자 주인은 마루에서 손님과 담소를 나누는 중이었다. 젖은 행주로 손을 닦으면서 말한다. 아까 저 녀석에게 끈적끈적 공격을 당했구나.

손님은 나를 보고 "어머, 예쁜 고양이네요!" 하고 환하게 웃었다. 비쩍 마른 아줌마였다. 내 기분은 아랑곳하지 않고 나를 안아 자기 무릎 위에 앉혔다.

향수 냄새가 났다. 긴 손톱에 꽃이 피었다. 눈앞에는 하얀 천으로 싼 네모난 상자가 있었다.

아줌마가 내 턱을 쓰다듬으며 말했다.

"안치할 때까지 두 달간 잘 부탁드려요."

"알겠습니다."

주인이 대답했다.

"저기, 이 일은 아무에게도."

"입 밖에 내지 않습니다. 안심하세요."

곧 돈을 주고받았다.

보관 절차를 마쳤는데도 아줌마는 일어나지 않고 "어이없죠?"라며 부끄러운 듯이 웃었다.

"아니요."

주인이 대답하자 아줌마는 고개를 가로저었다.

"남편의 유골이에요. 경멸하는 게 당연하죠. 옆집 부인은 사랑하는 남편의 유골을 곁에 두고 싶다고 무덤에 안치하지도 않고 언제나 같은 방에서 잠을 잔다지 뭐예요. 미담이죠. 유골과 동거라니 저는 딱 질색이에요. 살아 있는 내내 꾹 참았는데 왜 유골이 되어서까지 같이 있어야 하죠? 유골은 투덜거리지도 않고 폭력을 쓰지도 않지만, 베개 옆에 서서 술 가져오라고 호통은 칠 것 같잖아요."

아줌마가 부르르 떨었다. 상상하니 오싹해졌나 보다.

"차라리 바다에 뿌릴까 생각했는데요, 이 사람, 수영을 못해요. 저세상에서 익사하면 불쌍하니까요. 어쩔 수 없으니 무덤에 안치해주려고요. 당장 넣고 싶은데 친척들 시선도 있어서 그럴 수가 없어요. 그때까지는 최대한 멀리 두고 싶어요."

주인은 웃으며 듣고 있다. 섬뜩한 이야기인데 얼굴빛 하나 달라지지 않는다.

"무덤에 넣으면 성묘 정도는 할 거예요."

아줌마가 변명처럼 말했다.

"기일에는 갈 생각이에요. 매번 새 옷을 입고 갈 거예요. 이 사람, 생각보다 돈을 많이 남겼거든요. 돈 쓸 기회가 그렇게 많지 않으니까 최소한 새 옷을 입고 성묘하러 가겠어요."

아줌마는 가게를 둘러보았다. 보관가게는 산뜻할 정도로 아무것도 없다.

"젊었을 적에는 갖고 싶은 게 있었어요."

아줌마가 꽃이 핀 손톱을 보며 한숨을 쉬었다.

"오랜 세월 제멋대로인 남편에게 휘둘렸는데, 정신을 차리고 보니 갖고 싶은 게 다 사라졌더라고요."

"지치신 거예요. 유골은 소중히 보관할 테니 편하게 쉬시면 좋겠습니다."

"여행이라도 갈까? 온천물에 몸을 담그고 앞일을 생각해야겠어요."

아줌마의 목소리가 점점 작아졌다.

"나는 같은 무덤엔 들어가지 않을 거야. 요즘 유행하는 수

목장 있잖아요? 그런 걸 할 생각이에요."

아줌마의 목소리가 점점 더 작아지더니 완전히 사라졌다.

쓰다듬는 손길이 너무도 훌륭해서 나는 잠들고 말았다. 눈을 뜨니 아줌마는 사라지고 주인이 포렴을 내리는 중이었다.

네모난 상자는 보이지 않았다. 안쪽 방에 넣었나 보다.

그날 밤, 주인은 하얀 끈적끈적을 부엌에서 씻겨 냄새를 없애고 반질반질하게 만들어서 안쪽 방에 넣었다. 대체 뭔지 모르겠는 그것은 그렇게 내 시야에서 사라졌다.

반질반질 씨의 보관 기간은 1주일. 맡기고 가지러 오지 않는 손님도 있다. 그 손님은 나타날까?

이틀째

가게에 아이자와 씨가 왔다. 손님은 아니고 점자 자원봉사를 하는 아줌마다. 책을 점역하면 보관가게에 와서 주인에게 준다.

"아무래도 이 이야기는 석연치 않아요."

아이자와 씨가 보자기를 마루에 놓고 뚱뚱한 몸으로 영차 올라왔다. 주인은 시원한 보리차를 내왔다. 나는 손님용 방석에서 몸을 말고 있다.

아이자와 씨는 보자기를 펼치고 두툼한 점자책을 꺼내며 "뭐가 뭔지 모르겠다니까"라고 말하고 주인이 내온 보리차를 맛있게 마셨다.

"모르겠다는 게 무슨 의미인가요?"

"이걸 읽으면 올바름이 뭔지 생각하게 돼요."

주인은 점자책을 들고 페이지를 펼쳐 손가락으로 만지더니 "장편소설이네요" 하고 말했다.

아이자와 씨는 부채를 펴서 부쳤다.

"기리시마 군, 읽고 감상 들려줘요."

기리시마는 주인의 성씨다. 주인은 서두 몇 행을 손가락으로 읽었다.

"《레미제라블》이군요. 어렸을 때 맹인학교 도서실에서 아동용으로 읽었는데 어른용은 처음이에요. 이쪽이 원작이었네요."

"사실 나도 아동용으로 먼저 읽었어요."

아이자와 씨가 어깨를 움츠렸다.

"어른용 소설은 못 할 것 같아서 일단 도서관에 반납하러 갔어요. 그랬더니 사서가 빨리 반납해줘서 기쁘다는 거예요. 이 책을 기다리는 사람이 다섯 명이나 있다고요. 뭐라더라, 높으신 정치가 양반이 이 소설 한 구절을 연설에서 인용했다나 봐요. 그래서 유행이라나. 아동용이라면 오늘 반납 들어온 게 있다고 해서, 그럼 딸에게 읽게 하겠다고 빌렸죠."

"딸이요?"

"거짓말이에요. 나는 혼자지만 내가 읽겠다고 하긴 좀 그래서. 아동용은 읽기 쉬웠어요. 하지만 원작과 인상이 달랐어요. 주인공이 도둑이에요. 그건 같아요. 가족을 위해 빵을 훔치고 은인에게서 은식기를 훔쳐요."

"그런 이야기였죠."

"도둑질은 나쁘죠. 그런데 주인공의 처지가 너무 심하게 불운해요. 특히 처음에 빵은 조카들을 위해서 훔쳤으니까 어쩔 수 없는 일인데, 그에 대한 처벌이 너무 심했어요. 알루미늄 캔 프레스 기계가 집에 있는데요."

"알루미늄 캔 프레스 기계요?"

"네, 캔을 하나하나 찌부러뜨리는 가정용 기계예요. 캔을 끼우고 발로 밟으면 납작해져요. 나는 하루를 마치면 캔 맥주를 딱 한 잔 마시는데, 마시는 게 즐거운 건지 찌부러뜨리는 게 즐거운 건지 지금은 뒤죽박죽이에요. 스트레스 해소에 좋아요, 알루미늄 캔 프레스 기계."

아이자와 씨는 현명하게도 이야기가 삼천포로 빠진 걸 자각하고 되돌아왔다.

"주인공이 알루미늄 캔이고 이 세상이 프레스 기계 같았어요. 그런 처사를 당하면 마음이 무너져요."

"아하."

"그래도 은식기는 나빴어요. 그가 훔치는 장면에서 하지 말라고 중얼거렸는데 내 목소리는 페이지 너머에 닿지 않았죠. 그 후에 개과천선했다지만 동정할 수 없어요. 불행한 사람이라고 모두 죄를 짓는 건 아니잖아요? 납득이 안 돼서 다시 원작에 도전했고 간신히 점역을 마쳤어요. 그랬더니 원작에서는요."

"아이자와 씨, 나중에 읽을 테니 거기까지만 말씀해주세요."

"어머나, 미안해라. 내가 말이 많았네."

아이자와 씨는 부채는 착 접었지만 입은 닫지 않았다.

"어제 상점가에도 도둑이 들었어요."

"도둑이요?"

"라면집. 알죠? 카레집 옆에 톤톤라면이요. 지금 거기서 점심을 먹고 왔는데, 그 집 아줌마가 경찰이 움직일 것 같지 않다고 투덜댔어요."

"왜 그렇죠?"

"도둑맞은 게 돈이나 보석이 아니에요. 장식품이에요."

"항아리나 불상인가요?"

"그렇게 값나가는 게 아니라 마네키네코まねきねこ*예요."

주인이 깜짝 놀란 듯 눈을 깜박였다. 주인은 어지간해서는 동요하지 않는다.

뭔가 있구나!

그나저나 마네키네코가 뭐지? 네코면 고양이잖아. 그런데 장식품이야? 어느 쪽이지?

아이자와 씨는 불난 집 구경이 재미있는지 신나게 말했다.

"톤톤 아줌마, 어제 마네키네코가 없는 걸 깨닫고 파출소에 갔대요. 경찰한테 모양이랑 크기를 설명했다고 해요. 하얗고 아주 평범한 마네키네코래요. 마네키네코는 오른쪽 앞발을 들면 돈을 부르고 왼쪽 앞발을 들면 사람을 부른다고 하죠? 사람을 부르는 쪽, 왼쪽 앞발을 든 마네키네코라고 해요. 경찰이 그게 얼마짜리인지 물어서 옛날이라 가격은 기억 안난다고 대답하니 대충이라도 좋다고 집요하게 물어봤대요. 도난 신고서에 금전 가치를 적어야 한다나 봐요. 아줌마, 오래되고 지저분해 가격을 매길 수 없다면서 100엔의 가치도 없을 거라고 말했대요. 그랬더니 100엔이냐고 다시 묻고서 도난 신고서 작성을 마쳤다고 하더래요! 아니, 그걸로 끝이라

---

* 앞발을 들고 뭔가 부르는 시늉을 하는 고양이 모양 장식품. 복을 가져다준다는 속설이 있다.

지 뭐예요!"

주인은 입을 꾹 다물고 맞장구치지 않았다.

"텔레비전 드라마를 보면 현장검증 같은 걸 하잖아요? 지문을 채취하거나 발자국을 본뜨거나. 감식인가, 그런 게 오조? 가게에 전혀 와주지 않았대요. 경찰은 신고서를 썼으니까 됐다는 태도로 범인을 찾을 생각이 없다고 톤톤 아줌마, 한탄했어요."

거기에서 아이자와 씨는 잠깐 침묵했다. 숨이 찬가 보다. 쓰읍, 후우, 어깨로 크게 숨을 쉬고 다시 말하기 시작했다.

"100엔이라고 말한 게 실수예요. 더 가치 있는 거라고 말하면 좋았을 것을. 그렇게 조언했는데 소 잃고 외양간 고치기죠."

"그런가요…"

"그래도 재미있지 않아요?"

아이자와 씨가 후후 웃었다.

"고작해야 마네키네코예요. 은식기도 아니고. 톤톤 아줌마도 참 난리라니까. 없어졌으면 사면 될 거 아녜요."

"추억이 담겼을 수도 있죠."

주인이 말하자 아이자와 씨가 놀란 표정을 지었다.

"그런가. 그러네요. 남이 봤을 땐 가치 없는 것도 그 사람에게는 소중한 걸지도 몰라요. 그건 그렇고, 기묘한 일이죠.

누가 무슨 이유로 그런 걸 훔쳤을까."

사흘째

다음 날, 나는 마네키네코 도난 사건의 진상을 캐려고 톤톤라면에 현장검증을 하러 갔다.

이곳은 인기가 있어서 점심이면 사람들이 줄을 선다. 그래서 아침 일찍 갔다. 유리문이 열려 있었다. 아줌마는 테이블을 닦고 아저씨는 카운터 안에서 냄비 가득한 라면 육수를 휘젓고 있다.

안에서 세일러복을 입은 여자아이가 나왔다. 동네 중학교 교복이다.

아저씨가 "잘 다녀와라" 하고 말했으나 여자아이는 다녀오겠다는 말도 없이 내 앞을 지나갔다. 그때 코로 폴폴 냄새가 들어왔다.

앗, 이 냄새!

끈적끈적의 냄새다!

어라라?

그 끈적끈적에 반질반질, 여기 있었어?

그렇구나. 그건 라면 육수 냄새였다. 이 가게 앞은 자주 지난다. 자주 맡는 냄새인데 옆집 카레 냄새가 강해서 기억에 남지 않았다.

혹시 보관품이 '마네키네코'인가?

설마 도난당한 게 우리 가게에 있어?

맡기러 온 사람이 도둑인가?

"기기기."

돌아보자 까만 고양이 폰타가 있었다. 나를 빤히 바라본다.

"지금… 기기기… 뭐야."

오늘은 군데군데 알아들었다. 그래도 불완전하다.

"무슨 소린지 모르겠어."

그렇게 말하자 폰타가 가까이 다가왔다.

"다가오지 마"라고 말하자 폰타가 멈췄다. 내가 하는 말은 알아듣나 보다.

"마네키네코, 알아?"

폰타가 잠깐 생각하더니 곧 왼쪽 앞발을 들었다.

"응, 그거. 마네키네코는 고양이야?"

"기기기."

"천천히 말해줘. 고양이?"

"고양이."

다행이다. 말이 통한다.

"움직여?"

폰타가 "아니야"라는 몸짓을 보였다.

"그럼 고양이가 아니야?"

"고양이."

"고양이는 움직이잖아."

"고양이."

"거짓말."

"죽었으니까 움직이지 않아."

폰타가 말했다.

"어?"

"죽었으니까 움직이지 않아."

오싹했다.

죽으면 어떻게 되지? 상상해본 적도 없다. 폰타는 죽은 고양이를 본 적이 있을까.

쿵쿵 발소리가 나더니 아저씨가 나왔다. 나와 폰타를 보고는 대놓고 불쾌한 표정을 짓더니 양동이의 물을 길에 힘차게 뿌렸다.

으악! 폰타는 허둥지둥 카레집으로 사라졌고, 나는 도망치는 게 늦어서 뒷발이 젖었다.

고양이와 말이 통해서 기쁘다. 하지만 보관품이 죽은 고양이일지도 모른다고 생각하자 침울해졌다.

향수를 뿌린 아줌마는 남편의 유골을 맡겼다. 죽은 고양이를 맡기는 일도 있을지 모르지.

나도 언젠가 죽으면 그렇게 굳어지고 털이 사라지고 반질반질해지나?

그건 그렇고, 왜 톤톤라면 아줌마는 죽은 고양이를 소중하게 여길까? 살아 있는 나나 폰타는 그렇게 싫어하는 주제에.

나흘째

보관가게에 경찰이 왔다.

이 상점가는 그야말로 평화로워서 경찰은 1년에 한 번 "가족 구성에 달라진 점은 없습니까?"라고 주민 조사를 하러 오는 정도다. 오늘은 그게 아니었다. 위엄 어린 얼굴로 "방범 대책은 있습니까?" 하고 묻더니 가게를 쏘아보며 확인하는 것처럼 유리문을 콩콩 두드렸다.

주인이 대답했다.

"안쪽 방에는 자물쇠를 단단히 달았어요."

"상점가에서 절도 사건이 발생해서요. 아직 범인이 잡히지 않아서 순찰을 강화했습니다."

그렇게 말한 경찰은 마루에 걸터앉은 뒤 모자를 벗어 팔랑팔랑 부채질했다. 주인의 눈이 보이지 않으니 편하게 구는 거겠지.

"곤란하게도 프로 절도범의 짓 같습니다."

목소리만 위엄 어린데 대단한 임무를 하는 것처럼 말한다.

"도둑맞은 물건이 마네키네코라고 들었는데요."

주인이 조심스럽게 묻자 경찰이 목소리를 낮췄다.

"사실 그 안에 가게 수익금과 통장이 들어 있습니다. 피해자가 도난 신고서를 작성한 다음 날 정정 신청을 하러 왔어요. 한번 작성한 신고서를 정정하는 건 귀찮아요. 처음부터 말해줬으면 번거롭지 않았는데. 처음부터 이상하긴 했습니다. 마네키네코를 분실한 정도로 구태여 신고하다니."

경찰은 피해자의 프라이버시를 잘도 지껄였다. 주인은 손님의 비밀을 남에게 말하지 않는다. 보관가게와 경찰은 직업이 다르다. 경찰은 정보를 콸콸 흘리고 마구마구 거둬들이는 장사인가.

"절도범은 아마도 프로일 겁니다. 보통은 마네키네코에 그런 중요한 게 들어 있다는 사실을 간파하지 못하니까요. 순식간에 안을 살펴보는 최신식 센서를 가졌을지도 모르죠. 만만치 않은 상대입니다."

경찰은 팔짱을 낀 채 혼자 말하고는 맞장구가 없으니까 자기 혼자 "아무렴" 하며 고개를 끄덕였다.

"우리도 바빠서요. 고작 마네키네코라면 움직이지 않겠지만 현금과 통장이니까요. 이렇게 순찰을 강화해서 범인 체포에 전력을 다하려고 노력하고 있습니다."

"열심히 일해주셔서 고맙습니다."

주인은 고개 숙여 경찰을 배웅했으나 나는 '바쁘기는 개뿔'이라고 생각했다. 이 근처는 평화로워서 사건도 거의 생기지 않는다. 보관가게에 들어온 도둑도 자물쇠를 따지 못해 돌아갈 정도로 근성 없고 우발적인 충동으로 행동하는 놈이었다. 그런 평화로움에 안주해서 경찰도 맨날 담배 가게에 들러 수다를 떨고 근무시간인데 경단이나 먹는 등 언제나 한가해 보인다.

설령 마네키네코라도 처음부터 잘 찾았어야지. 고양이를 가볍게 여기는 태도, 나는 용서할 수 없다.

보관가게에 있는 하얀 반질반질이 '마네키네코'이고, 그게 '죽은 고양이일지도 모른다'는 걸 알고 있어서 참 남 일 같지 않았다. 게다가 죽은 고양이 배에 귀중한 것을 감췄다니. 그러니 고양이를 싫어하는 톤톤 아줌마가 혈안이 되어 찾는구나.

일이 커졌다.

범죄와 연관된 물건이 우리 집 안쪽 방에 있다. 그런 데다 주인은 그 정보를 경찰에게 알리지 않고 비밀로 했다.

국가권력에 대한 반역이다. 그런 짓을 해도 괜찮을까?

도둑에게서 맡은 마네키네코. 1주일간 가지고 있는 보관품.

앞으로 사흘. 도둑이 나타날까?

주인은 시치미를 뚝 뗀 얼굴로 아이자와 씨가 가져온 도둑 소설을 읽고 있다.

저 소설의 도둑은 마지막에 어떻게 될까?

닷새째

일이 더욱더 커졌다.

열 배쯤은 더 커졌다.

지금 나는 안쪽 방에 있다. 태어나서 처음으로 들어오는 데 성공했다. 주인이 보관품을 넣으러 왔을 때 다리 옆을 지나 쓱 들어왔다.

깜짝 놀랐다. 빛이라곤 없는 어두운 세계. 끝도 없이 이어지는 선반!

고양이는 타고난 근시지만 이 방은 안이 너무 깊어서 끝이 보이지 않을 정도다. 어디 다른 세계로 연결된 것 같다.

멍한 기분으로 멍하니 바라보는데 찰칵하는 무거운 소리가 들렸다. 뒤를 돌아보니 문이 닫혔다.

그런 이유로 현재 나는 당황 중이다. 목소리도 안 나오고 꼼짝도 못 하겠다.

물론 주인이 일부러 닫은 것은 아니다. 내가 있는 줄 몰라서 닫았다. 침착하자, 나. 문이 평생 안 열릴 것도 아니다. 다음에 주인이 여기 올 때 나갈 수 있어.

아니, 잠깐만. 그때 내가 자고 있으면 어쩌지?

무사태평해서 이런 소리를 하는 게 아니다. 고양이는 잔다. 잠이 곧 일이라고 해도 좋다. 인간의 세 배쯤은 잔다. 자는 동안 주인이 들어왔다 나가면….

게다가 보관품이 매일 있는 것도 아니다. 1주일이나 없을 때도 있다. 1주일이나 여기에 있으면 배가 고프다. 아니, 그 수준이 아니라….

죽나?

그럼 나는 죽은 고양이가 된다!

거기까지 생각했더니 여기 들어온 이유가 떠올랐다. 그

래, 마네키네코를 보러 왔었지.

마음을 다잡고 마네키네코를 찾기로 했다. 어두워도 고양이는 눈이 보인다. 그렇지만 빛이 없으면 부정적인 생각이 드나 보다.

다음에 주인이 문을 열면 마네키네코 옆에서 죽은 내가 있고, 반질반질한 게 마네키네코랑 똑같아 주인은 나인 줄 모르고 마네키네코가 불어난 줄 알겠지. 그렇게 생각하자 쓸쓸해졌다.

마네키네코는 금방 발견했다.

입구에서 그리 멀지 않은 선반에 잘 올라가 있다.

나는 선반으로 뛰어올라가 가까이에서 빤히 살펴보았다. 고양이라고 생각하고 보니까 진짜 고양이로 보였다.

귀가 있고, 너무 크지만 눈이 있다. 왼쪽 앞발을 들었다. 아이자와 씨가 말한 사람을 부르는 시늉이다. 빨간 목걸이에 방울 그림도 있다. 털은 없어도 분명 고양이다.

그저께 폰타와 대화를 나눴다. 마네키네코와도 가능할지 몰라.

"반가워. 나는 사장이라고 해."

말했지만 대답이 없다. 갑자기 사장이라니 으스대는 것처럼 들렸을까.

"나도 너와 같은 고양이야. 다만 살아 있는 고양이지."

조용하다.

혼자 중얼거리면 쓸쓸하다. 주위를 둘러보자 각종 보관품이 정갈하게 놓여 있었다. 모자와 안경, 종이, 둥근 상자, 옷, 조금 먼 곳에 그 네모난 상자 즉, 유골도 있었다.

저게 죽은 인간인 걸 안다. 똑같이 죽었다면 고양이보다 인간과 말이 통할지도 모른다.

"거기 죽은 사람, 이 방에 있는 기분이 어때요?"

또 조용하다.

내 목소리만 암흑 속에 울린다. 마네키네코도 유골도 내 목소리를 무시한다.

원래 보관품은 대부분 말이 없다. 전에 말이 통한 보관품은 귀가 처진 개뿐이었다. 그 개와 함께한 사흘은 잊지 못한다.

대답이 없으니까 지루하네.

그래, 좀 더 탐험하자. 죽기 전에 많은 걸 봐둘래.

다른 선반으로 날아가려고 허리를 쓱 낮췄다. 그때 내 긴 꼬리가 균형을 잡으려고 좌우로 흔들렸고 실수로 마네키네코를 쳤다.

이런. 아차 싶었으나 이미 늦었다.

마네키네코가 기우뚱하더니 선반에서 떨어졌다!

어둠 속에서 유난히 느리게 떨어진다. 바닥에 부딪히기 직전에 나를 올려다봐서 눈이 딱 마주쳤다. 그때 마네키네코가 뭐라고 속삭인 것 같았다. 그러나 내 귀에 들린 것은 와장창하는 돌이킬 수 없는 소리였다.

마네키네코가 두 쪽으로 갈라졌다. 세로로 정확하게, 오른쪽과 왼쪽으로 나뉘었다. 한쪽 눈이 바닥을 보고 한쪽 눈이 천장을 본다.

갸옹, 갸옹, 어마어마한 소리가 나서 나는 깜짝 놀라 선반에서 떨어졌다. 간신히 바닥에 착지했더니 눈앞에 깨진 마네키네코 단면이 있었다. 경찰의 정보는 틀렸다. 마네키네코의 배는 텅 비고 새하얗고 아무것도 없어서 어둠 속에서 오싹할 정도로 아름다워 보였다.

갸옹갸옹, 소음이 멈출 줄 모르고 점점 시끄러워져서 소리가 날 죽일지도 모른다고 생각했을 때 문이 열리고 주인이 놀란 듯이 "사장님!" 하고 외쳤다.

어둠 속에서 주인은 헤매지 않고 나를 발견해 끌어안았다. 주인의 팔에 안기고서 알았다. 소음은 내 목에서 나왔다. 계속 소리 지르고 있었다.

주인의 심장 소리에 맞춰 호흡하자 소음이 점점 가라앉았다.

주인은 나를 안고 안쪽 방에서 나왔다. "미안해. 널 가둬서 미안해" 하고 반복해서 속삭였다. 마네키네코에 관해서는 전혀 언급이 없다. 아마도 모르나 보다. 마네키네코가 쪼개진 것을!

아아, 어쩌지? 소중한 보관품을 망가뜨렸어!

주인은 신용을 잃고 보관가게는 문을 닫을 거야!

덜덜 떠는 내게 주인이 닭가슴살을 삶아주었다. 손가락으로 잘게 찢어 입가에 대주었다. 식욕이 없었지만 주인의 따뜻한 마음에 보답하려고 열심히 먹었다.

어렸을 때가 생각났다. 우유를 흘렸을 때도 화장실 실수를 했을 때도 주인은 나를 안고 "미안해"라고 말했다. 내 잘못을 전부 주인이 받아들였다.

손님의 물건을 맡을 때도 그렇다. 부인도 싫어하는 유골과 함께 산다. 주인은 사람들이 떠안지 못하는 것을 받아들인다.

그렇다면 주인이 떠안지 못하는 건 누가 받아주지?

거기까지 생각하다가 잠들었다. 무사태평해서 잠든 게 아니야. 고양이는 자는 게 일이란 말이야.

엿새째

어제 친 사고 때문에 마음이 완전히 꺾여서 기운이 없다. 아침부터 뒷문 앞 봉당에 늘어져 있다. 가게에 손님이 없나 보다. 주인은 가게를 보며 도둑 소설을 읽고 있겠지.

봉당은 썰렁하고 차가운데 부드러워서 늘어져 있기에 최적의 장소다. 반년 전, 나처럼 여기에 늘어져 있던 개가 있었다.

보관가게에 개가 온 건 처음이어서 신났던 걸 기억한다. 귓구멍을 감추는 것처럼 귀가 축 늘어진 커다란 개였다.

"아내의 개입니다."

맡기러 온 아저씨가 말했다.

"아들 부부가 놀러 왔는데 세 살 먹은 손주가 울어서요. 개가 무섭다고. 만페이는, 아, 만페이는 우리 개의 이름인데 애완용이 아니라 맹인 안내견이에요. 교육을 철저히 했고 짖지 않으니까 무섭지 않다고 말해줘도 안 되더군요. 근처에 반려견 호텔이 없어요. 맹인 안내견이라 지금까지 어디 맡긴 적이 없어서 곤란한 상황입니다. 아내가 이 가게 소식을 어디서 들었는지 부탁해보라고 했어요. 이틀간 맡아주실 수 있습니까?"

주인은 흔쾌히 받아들였다.

"하루 100엔이니 200엔입니다."

"네? 그렇게 싼가요? 반려견 호텔이면 아무리 싸도 하루에 5,000엔인데요."

아저씨는 너무 싸니까 오히려 불안했나 보다.

"밥이랑 화장실을 챙기느라 번거로우실 텐데요."

"뭐든지 하겠습니다. 만페이 씨에 관해 알려주세요."

주인이 말했다. 이렇게 해서 우리 집에서 맡기로 했다.

만페이 씨는 인간 말을 알았다. 그래서 나하고도 처음부터 말이 통했다.

봉당에 있는 만페이 씨에게 "맹인 안내견이 뭐야?"라고 묻자 "눈이 보이지 않는 인간이 밖을 걸을 때 서포트하는 직업이야"라고 대답해주었다. 목소리가 차분하고 나직했다. 나도 덩달아 목소리가 낮아져서 속닥속닥 비밀 이야기처럼 대화를 나눴다.

"서포트는 뭔데?"

"아, 주인이 사고당하지 않게 신호를 보고 멈추거나 걸어가거나 장애물을 피해. 목적지까지 안전하게 주인을 데리고 가."

"인간을 등에 태워?"

"아니, 찰싹 달라붙어서 걸어. 네 주인도 눈이 보이지 않는 것 같네."

"응. 그런데 우리 집에는 맹인 안내견이 없어."

"왜지?"

"주인은 외출을 거의 안 해. 상점가 안만 돌아다니고 집 안에서는 전부 보이는 것처럼 걸을 수 있어."

나는 말이 통하는 상대를 만난 기쁨에 밤새 함께 봉당에 있었다. 도중에 몇 번인가 잠들었는데 깨어 있는 동안에는 계속 대화를 나눴다.

만페이 씨는 때때로 주인과 여행을 간다고 했다. 커다란 배 위에서 바다를 봤던 이야기, 꽃이 가득 핀 밭을 걸었던 이야기를 해주었다. 조용하면서도 자랑스럽게 말해서 부러워졌고, 나도 주인과 여행하고 싶어졌다.

그러나 이튿날이 되자 만페이 씨는 갑자기 침착함을 잃고 불안해하기 시작했다. 주인이 준 밥을 먹지 않았고, 밤에는 완전히 기운을 잃어 지금 나처럼 봉당에 늘어졌다. 이유를 알았다. 폐점 시간이 지나도 주인이 데리러 오지 않았으니까.

"날 버렸나 봐."

만페이 씨가 말했다.

"잠깐만. 그러니까 만페이 씨가 계속 여기에 있을 수도 있다는 거야?"

만페이 씨는 대답하지 않고 낙담한 표정으로 납작 엎드렸다. 그대로 봉당에 스며들어 마지막에는 개 형태를 한 얼룩이 될 것 같았다.

"멋진 일이잖아?"

나는 만페이 씨를 위로했다.

"매일 만페이 씨랑 대화할 수 있고, 주인은 만페이 씨랑 산책할 수 있고. 우리는 대환영이야."

만페이 씨가 한쪽 눈만 뜨고 나를 노려보았다.

"산책? 나는 맹인 안내견이야. 걷는 건 일이지 놀이가 아니야. 평범한 애완동물과 똑같이 취급하지 마."

"어? 만페이 씨, 노는 거 싫어해?"

만페이 씨는 두 눈을 뜨고 어딘지 아득한 눈빛을 지었다.

"놀아본 게 너무 예전이라 어떤 건지 잊어버렸어."

세상에!

나는 단 하루라도 놀지 않고는 못 견디는데. 민들레 꽃씨를 쫓아 폴짝거리고 커튼에 발톱을 걸어 흔들고. 주인의 발 주변을 밟히지 않게 뛰어다니는 것도 즐겁다.

만페이 씨는 어떻게 놀지 않고도 멀쩡할까?

그날 밤이다.

주인은 지팡이를 짚고 리드줄을 붙잡고서 늘어져 있는 만페이 씨를 데리고 상점가로 나갔다. 나는 조마조마하고 안절부절못하면서도 조금은 두근거리는 마음으로 옆에서 지켜보았다.

주인이 말했다.

"만페이 씨, 나는 네 주인과 달리 맹도견과 같이 걷는 게 익숙하지 않아. 힘들겠지만 조금만 참고 상점가를 한 번 왕복하지 않을래? 나는 건강을 위해서 산책하고 싶어."

"산책이라고 말하면 안 돼"라고 내가 말했으나 주인과 나는 말이 통하지 않는다. 어째서인지 만페이 씨는 주인의 부탁을 흔쾌히 받아들여 걷기 시작했다.

상점은 전부 닫혔고 쪽빛 하늘에 별이 반짝였다. 낮과는 다른 나라 같다.

주인은 길을 잘 알면서 그때는 이상하게 다른 가게의 간판이나 전봇대에 부딪힐 뻔했다. 그걸 만페이 씨가 능숙하게 막았다. 평소 일솜씨가 얼마나 좋은지 짐작할 수 있었다.

나는 주인과 만페이 씨가 어색하게 나란히 걷는 모습을 보며 전부 이해했다. 만페이 씨는 인간이 자기를 필요하다고 여겨주길 원한다. 귀여움을 받는 게 아니라 도움이 되고 싶다. 그게 만페이 씨의 바람이고 놀이보다 더한 즐거움이다.

나랑은 정반대네. 나는 주인이 만져주고 밥을 주면 이 세상이 곧 천국인데.

맞아, 그때 별똥별을 봤다. 나만 알아차렸다. 주인은 눈이 보이지 않고 만페이 씨도 걷느라 집중하고 있었으니까. 별똥별을 독차지해서 심장이 두근거렸다. 여행은 가까운 곳에도 있구나.

만페이 씨는 임무를 마쳐 마음이 차분해졌는지 봉당에서 쿨쿨 잠을 잤다.

다음 날, 아저씨가 데리러 왔다.

"손주가 열이 나는 바람에 데리러 오지 못했어요."

옆에 있던 까만 안경을 쓴 아줌마가 만페이 씨를 끌어안았다.

"만페이, 만페이!"

얼굴을 잔뜩 구기고 만페이 씨의 등을 몇 번이나 두드렸다.

만페이 씨는 아무 일도 없었다는 듯이 의연하게 서 있었다. 감정과 기분을 드러내지 않는 것도 임무 중 하나라고 했던 말이 생각났다. 살짝 떨리는 꼬리 끝이 만페이 씨의 참지 못한 기쁨을 드러냈다.

나는 오늘 하루를 봉당에서 늘어져 보내면서 만페이 씨와의 사흘간을 회상했고, 밤에는 제법 기운이 났다.

마네키네코는 쪼개졌지만 그렇게까지 최악의 상황은 되

지 않을 거란 생각이 들었으니까.

이레째

마침내 오늘이다. 나는 아침부터 가게 방석에 앉아 도둑을 기다렸다. 여기 있으면 만약 잠들어도 손님이 들어오는 걸 알 것이다.

점심 전에 포렴이 흔들리더니 젊은 여성이 들어왔다. 도둑은 아저씨일 줄 알아서 놀랐다.

여성이 선 채로 말했다.

"엄마가 유골을 여기 맡겼다고 해서요."

주인이 "이리 올라오세요"라고 권하자 여성은 얼른 신발을 벗어 가지런히 놓는 것도 잊고 올라오더니 진정하려는 듯이 가슴을 두드리며 앉았다.

"저는 딸이에요. 유골을 가지고 가겠어요."

주인이 곤란한 표정으로 대답했다.

"보관품은 본인에게만 돌려드리는 것이 규칙입니다."

"엄마는 입원했어요."

주인의 안색이 굳어지자 여성이 허둥지둥 말했다.

"걱정하지 마세요. 여행을 갔다가 다리가 부러졌어요. 돌계단에서 넘어져서."

"그러셨군요."

"저는 결혼해서 따로 사는데 연락을 받고 엄마의 옷을 챙기러 집에 갔어요. 그랬더니 아빠 유골이 없는 거예요. 놀라서 엄마한테 물어봤더니 여기 맡겼다고 해서요."

여성은 연신 땀을 닦으며 "믿을 수 없어. 가족의 유골을 이런" 하고 말하다가 그만두었다. 이런, 그다음은 뭐였을까?

여성은 단어를 고른 뒤 말을 이었다.

"모르는 사람한테 맡기다니요. 왜 그랬는지 물어도 너는 모른다는 소리만 한다니까요."

"어머님은 언제쯤 퇴원하시나요?"

"퇴원은 2주면 하는데 완치까지는 한 달이나… 더 걸릴지도 몰라요."

"보관료는 2개월분을 받았습니다. 어머님이 나으신 후에라도…."

"나한테는 아빠예요. 안치할 때까지 내가 아빠와 함께 있겠어요."

여성이 워낙 단호해서 주인은 고개를 끄덕이고 보관한 사람의 이름을 물어 틀림없다는 것을 확인한 뒤 안쪽 방에 가지러 갔다.

깨진 마네키네코에 걸려 넘어지면 어쩌지? 조마조마하다.

여성은 나를 힐끔 보고 의아하다는 표정을 지었다. 엄마는 고양이를 좋아하는데 딸은 별로인가 보다.

주인이 유골을 들고 돌아와 여성 앞에 내려놓았다. 여성은 유골에 합장하고 눈을 감더니 "엄마 기분을 모르는 건 아니에요"라고 말했다.

"나도 아빠를 싫어했으니까."

여성이 눈을 뜨고 한동안 유골을 쏘아보았다.

"그래도 일곱 살 때 아빠가 사준 스누피 인형을 지금도 버리지 못했어요."

여성은 유골을 두 손으로 안고 일어나 주인에게 고개를 숙이고 벗어 동댕이친 신발을 신었다.

주인이 조심스럽게 말을 걸었다.

"어머님 나름의 작별 인사가 아니었을까요?"

여성은 잠깐 주인을 바라보았으나 아무 말 없이 가게에서 나갔다. 옆얼굴이 처음 왔을 때보다 훨씬 부드러워졌다.

오전 영업시간이 끝나고 주인은 잠깐 가게에서 사라졌다.

오후에는 3시부터 문을 연다. 도둑이 올까? 나는 꾸벅꾸벅 졸며 가게에서 기다렸다.

퍼뜩 정신을 차리자 밖은 이미 해가 저물어서 오후의 시원한 바람이 포렴을 흔들었다.

주인은 좌식 책상에서 도둑 소설을 읽는 중이다. 내가 자는 동안 문을 다시 열었고, 이미 완전히 문 닫을 시각이 가까워졌다.

포렴이 두둥실 크게 흔들리고 세일러복을 입은 여자아이가 들어왔다.

무뚝뚝하고 인사도 하지 않는다. 마루에 올라오지도 않고 입술을 꽉 깨물었다. 여자아이에게서 라면 냄새가 폴폴 났다. 톤톤 라면집 아이다.

"어서 와요."

주인이 웃으며 맞아주었다. 주인은 일어나 "지금 가지고 올 테니 기다려요"라고 말하고 안으로 가려 했다.

여자아이는 놀랐는지 "저기" 하고 말을 걸고 다짐한 듯이 물었다.

"어떻게 알았어요?"

주인이 돌아보고 어리둥절한 표정을 지었다.

여자아이가 신발을 벗고 마루로 올라왔다.

"눈은 보이지 않아도 귀가 아주 밝다는 소리를 들었어요. 귀로 모든 것을 아는 사람이라고요. 그래서 그때도 아무 말

안 했는데 어떻게 나인 줄 알았어요?"

여자아이는 화가 난 것 같았다. 맡길 때 주인에게 목소리 정보를 제공하지 않았으니 자기 정체를 잘 감췄다고 생각했나 보다.

"사실은 눈이 보이나요?"

여자아이가 비난하는 양 말했다.

주인은 눈을 깜작이며 "눈은 안 보입니다"라고 대답했다.

여자아이가 깜짝 놀라더니 고개를 숙였다. 귀염성 없는 아이지만 하면 안 되는 말을 한 건 알았나 보다. 장래성이 없진 않군.

"앉아서 기다리세요. 지금 보관품을 가지고 오겠습니다"라고 말하고 주인은 안쪽으로 들어갔다.

여자아이는 마루를 오가며 좌식 책상을 들여다보고 손가락으로 점자책을 만졌다. 바로 그때 벽시계가 경고하는 것처럼 댕댕댕댕댕댕 일곱 번 울었다. 여자아이가 움찔 뒤로 물러나다가 내 꼬리를 밟았다.

나는 "갹!" 하고 외치며 우우웅, 위협했다.

여자아이는 순간 겁먹은 표정을 짓더니 "이게" 하고 나를 위협했다. 아줌마랑 똑같이 성깔이 있다. 훌쩍이는 것보다는 낫다. 그보다 안이다. 안쪽 방이 걱정이다.

주인은 깨진 마네키네코를 어떻게 할까?

이 아이는 왜 자기 가게 마네키네코를 여기에 맡겼을까?

여자아이는 심각한 표정으로 앉아 있다.

주인이 돌아왔다. 놀랍게도 마네키네코는 원래 모습 그대로 여자아이 앞에 놓였다.

"한 가지 사죄드려야 할 일이 있습니다."

주인이 자세를 바르게 하고 고개를 숙였다.

"부주의로 깨트리고 말았습니다. 죄송합니다."

여자아이는 동요하지 않고 무표정이었다.

"수리를 보내는 건 좋지 않다고 생각해서."

주인이 거기까지 말하자 여자아이가 "경찰한테 들켜요"라고 말을 받았다. 주인은 고개를 끄덕였다.

"그래서 제 손으로 수리했습니다. 어떤가요, 이음새가 눈에 띄나요? 새로운 것을 살까요? 아니면 변상할까요?"

"아니에요. 처음에 깨트린 건 저니까."

"네?"

"집으려다가 떨어뜨려서 세로로 쫙 쪼개졌어요. 접착제로 붙였는데 딱 붙지 않아서. 부모님한테 들키면 혼날 테니 여기에 맡긴 거예요."

"그랬군요."

"조금은 거짓말이에요."

"네?"

"떨어뜨린 것도 진짜고, 쪼개진 것과 붙이려고 한 것도 진짠데."

"네."

"버릴 생각으로 만졌어요. 그런데 떨어뜨려서 쪼개지니까 당황해서 나도 모르게 정신없이 고쳤어요. 쪼개지니까 이상하게 오히려 버리기 어려워져서 여기에 가지고 왔어요."

"왜 버리려고 했나요?"

여자아이는 고개를 숙였다. 시간이 고요하게 흘렀다. 곧 여자아이가 작은 목소리로 나직하게 말했다.

"냄새가 나요."

"닦았으니까 이제 냄새는 안 나요."

"나한테 냄새가 나요."

주인이 깜짝 놀랐다.

"아까 나인 줄 안 거, 냄새 때문이죠?"

주인은 곤란한 표정이었다.

"학교에서 냄새난다는 소리를 들어요."

여자아이의 목소리가 점점 작아졌다. 고양이 귀로 간신히 알아들을 정도였다. 여자아이는 마네키네코를 검지로 쿡쿡

찔렀다.

"우리 엄마, 이걸 왼손잡이 씨라고 불러요. 왼손잡이 씨 덕분에 장사가 잘된다고 해요. 왼손잡이 씨가 사라지면 손님이 안 오겠죠. 라면집이 망해버렸으면 좋겠다고 생각했어요."

뭐야 그게. 아까부터 듣는데 너무 화가 난다. 버리려고 했다고? 왼손잡이 씨는 물건이지만 일단 고양이니까 나는 왼손잡이 씨 편이다. 사람을 불러들이는 역할을 열심히 했다고 버려지다니 말도 안 된다.

선반에서 떨어지던 왼손잡이 씨의 눈동자가 생생하다. 어둠 속에서 하얗고 고독한 왼손잡이 씨는 내게서 천천히 멀어졌고 깨지는 순간 눈이 마주쳤으며 뭔가를 속삭였다. 그건 뭐였을까.

안녕? 살려줘?

음, 아니야. 뭔가 좀 더, 다정한 느낌.

나는 괜찮아….

그래, 그렇게 나를 걱정하는 눈빛이었다.

주인은 "여기에 계속 맡겨둬도 괜찮습니다"라고 말했다.

그러자 여자아이의 표정에 불안이 어렸다.

"우리 엄마, 경찰한테 거짓말을 했어요. 왼손잡이 씨 안에 현금 같은 건 없어요. 통장도 장롱에 들었고요. 아무리 경찰이 찾아주길 바랐어도 그런 거짓말을."

여자아이는 겁을 집어먹고 주인을 바라보았다.

"경찰한테 거짓말하면 죄가 되죠?"

주인이 고개를 끄덕이자 여자아이는 조용히 한숨을 쉬었다.

"왜 그렇게 왼손잡이 씨한테 애걸복걸인지 물어봤어요. 그랬더니 엄마가 예전 이야기를 해줬어요. 엄마는 어렸을 때 아버지랑 헤어져서 살았대요. 그런데 몇 년이나 보지 못했던 아버지가 갑자기 개점 축하한다며 찾아와서 이걸 줬대요."

"그런 일이 있었군요."

"이게 아버지한테 받은 유일한 선물이래요. 나는 할아버지랑 만난 적도 없는데."

여자아이가 고개를 푹 숙였다.

"여기에 맡겼다고 어머님께 말했나요?"

"아직 안 했어요."

대화가 거기에서 뚝 끊겼다.

이럴 수가, 이 중요한 때 나는 또 잠들고 말았다!

그러니 그 뒤로 어떤 이야기가 오갔는지 전혀 모른다.

잠시 후 여자아이가 일어서는 기척이 나서 눈을 떴다.

여자아이는 신발을 신고 "그럼 갈게요"라고 말했다. 손에는 아무것도 없다. 왼손잡이 씨는 다다미 위에 있다. 역시 아줌마한테 말하지 못하니 여기에 맡기려나 보다.

주인이 나가는 여자아이에게 말했다.

"당신인 줄 안 건 냄새 덕분이긴 합니다."

여자아이가 돌아보았다. 얼굴이 잔뜩 굳어졌다.

"당신에게서 따뜻한 냄새가 나요. 맛이 다정한 톤톤의 라면, 모두 정말 좋아하죠."

주인의 말에 여자아이의 얼굴이 반짝 밝아졌다. 곧 활기차게 달려가는 소리가 들렸다.

도중에 잠들어서 잘은 모르지만.

생각해보니 마네키네코 왼손잡이 씨가 우리 집에 오고 1주일 동안 보관가게에 손님이 많아지진 않았다. 굳이 버리지 않아도 별다른 힘은 없을 거다.

나는 자느라 바빠 그 후에 왼손잡이 씨의 행방을 지켜보지 못해서 안쪽 방에 들어갔는지 타지 않는 쓰레기를 버리는 날에 버려졌는지 잘 모르는 상태로 시간이 흘렀다. 운 좋게도 어느 날 외부에서 정보가 날아왔다.

"다 들었어요! 도둑맞은 마네키네코가 돌아왔다는 거! 게다가 기리시마 군, 당신이 가져다줬다면서요?"

아이자와 씨가 흥분해서 말했다. 그 점자 자원봉사자 아줌마다.

"방금 톤톤라면에서 들었어요. 마네키네코, 있더라니까. 원래는 가게 카운터에 있었는데 지금은 높은 선반을 만들어서 그 위에 놓았더라고요. 톤톤 아줌마, 거기라면 도둑맞을 염려가 없다고 기뻐했어요. 놀랐어요, 도둑이 보관가게에 그걸 맡기다니!"

주인은 "네, 저도 놀랐어요"라고 말하며 아이자와 씨에게 차를 대접했다.

"아이자와 씨에게 마네키네코 사건을 듣지 않았다면 전혀 모르고 말 뻔했어요."

"어머나, 내 수다가 도움이 되었다니 이거 기쁜데요? 경찰이 상을 주면 어쩐담?"

"보관품을 받고서 바로 그건 줄 알아차리고 라면집에 가지고 갔습니다. 그랬더니 톤톤라면에서 경찰한테 연락해서."

"설마 기리시마 군, 조사 같은 거 받았어요?"

"네, 일단은."

"세상에 드라마 같네. 도둑은 어떤 사람이었어요?"

"아쉽게도 저는 눈이 보이지 않아서 범인의 특징을 말할 수 없었어요."

"목소리는요?"

"목소리도 기억하지 못해서."

"아니! 기리시마 군의 기억력으로도 안 됐어요?"

"네. 들어오자마자 떠맡기는 것처럼 두고 나가버려서 목소리를 들었는지도 애매모호해요."

"지문도 나오지 않았다고 하네요. 톤톤 아줌마한테 들었는데 범인이 신중한 사람인지 씻은 흔적이 있대요."

"그런가 봅니다."

"내용물도 무사했대요. 톤톤 아줌마, 통장도 현금도 그대로 있으니 도난 신고는 취하하겠다고 했어요."

"그렇군요."

"저기요, 이상하지 않아요? 도둑이 귀중품인 줄도 모르고 내버리다니?"

"《레미제라블》은 다 읽었습니다."

주인이 갑자기 화제를 바꿔서 아이자와 씨가 당황했다. 그러더니 팔짱을 끼고 뭔가 생각하는 것처럼 제법 그럴싸한 표정을 지었다.

다정한 바람이 불어 포렴이 다음 전개를 기다리는 듯 이리저리 흔들렸다.

"지금 문득 깨달았는데요."

아이자와 씨가 추리라도 하는 양 턱을 쓰다듬으며 말했다.

"그 소설이 하려는 말이 뭔지 조금은 알 것 같아요."

"호오. 그게 뭘까요?"

"누구에게나 사정이 있다는 거 아닐까요? 이상한 행동에도 나름의 이유가 있다. 그건 그 사람이 아니면 모르고, 그리고."

"그리고?"

"다른 사람이 함부로 끼어들면 안 된다."

아이자와 씨가 떠보듯이 주인을 봤다. 주인은 시치미를 뚝 뗀 표정이다.

"마네키네코도 이유가 있어서 도둑맞았고 이유가 있어서 돌아왔다."

아이자와 씨는 그렇게 결론을 내렸다. 뭐, 대단한 깨달음은 아니지만 본인은 만족했는지 실례하겠다며 밖으로 나갔다.

포렴이 아쉬운 듯 또 흔들렸다.

과연. 주인은 왼손잡이 씨를 집으로 돌려보냈구나.

여자아이의 도둑질은 없던 일이 됐고, 아줌마의 거짓말도 경찰에게 알려지는 일 없이 사건 해결이다.

주인의 다정한 거짓말로 두 개의 죄가 사라졌다.

나는 주인에게 "멋지게 해냈네"라고 말을 걸었다. 물론 야옹 하고 울었을 뿐인데, 주인은 나를 무릎에 앉히고 "비밀이야"라고 속삭였다. 순간 주인과 말이 통한 줄 알았다.

주인은 아이자와 씨가 가지고 온 새로운 점자책을 읽기 시작했다. 이번에는 연애소설인가 보다.

나도 읽어보고 싶다.

그렇지. 내일 카레집 폰타한테 말을 걸어봐야지!

그리고 같이 왼손잡이 씨를 보러 가야겠다. 물벼락을 맞지 않게 조심해야 해.

지금은 높은 곳에 있는 왼손잡이 씨. 나와 눈을 마주쳐줄까?

도쿄 변두리 어느 상점가에는 눈이 보이지 않는 주인이 운영하는 가게가 있다. 하루 100엔으로 어떤 물건이든 맡아 보관하는 독특한 가게다. 매일 가게 처마에 걸리는 쪽빛 포렴에 '사토'라고 적혀 있는 관계로 주변에서는 '보관가게 사토'라고 인식하지만, 진짜 이름은 아니다. 주인은 남들이 가게 이름을 뭐라고 여기든, 모처럼 온 손님이 보관이라는 이름의 쓰레기 폐기를 하든 개의치 않는다. 책상에 반듯하게 등을 펴고 앉아 점자책을 읽으며 언제 올지 모를 손님을 기다린다. 그런 주인 옆에는 새침데기 하얀 고양이 사장님이 있다. 손님용 방석에 털을 잔뜩 묻히며, 기다리는 것이 일인 주인 옆에서 고양이의 큰 사명인 수면에 여념이 없는 고양이. 참 소박하고 다정하고 어딘지 서글픈 미소가 지어지는 풍경이다.

제목을 보고 '어라, 이 책 아는 것 같은데?'라고 생각한 분도 있을 것이다. 《마음을 맡기는 보관가게》는 2015년에 《하루 100엔 보관가게》라는 제목으로 처음 한국에 소개되었다. 몇 년이라는 시간을 뛰어넘어 이렇게 다시 우리를 찾아왔다. 번역을 맡았던 책의 재출간은 처음 해보는 경험이다. 그러니 이 책과의 개인적인 이야기를 조금 해보고 싶다.

당시 나는 번역을 시작한 지 5년 조금 넘은 신출내기였다. 첫 역서가 나오고 1년 반 정도 일본에서 지내느라 일을 거의 하지 못했으니 실제 경력으로는 2~3년 차였다. 번역하고 싶은 의욕만 있었던 시기였다. 일도 없고 돈도 없고 건강도 없었다. 기약 없는 번역 일감을 기다리기보다 무슨 일이든 해서 생계를 꾸려야 했는데, 몸이 따라주지 않았다. 몸이 안 좋으면 마음도 가라앉는다. 마음이 먼저 바닥을 쳐서 몸도 축축 늘어졌는지도 모른다. 그때는 집에 틀어박혀 '내 인생은 왜 이럴까?'라는 고민만 했다. 고민은 아무리 머리를 굴려도 해결될 리 없는데도. 스트레스로 온몸을 적극적으로 절이던 그 시기, 이 책이 나를 찾아왔다.

이 책과 만났을 때 마침내 찾아온 기회라는 직감은 없었다. 운명을 느낀 것도 아니다. 단순히 일할 수 있어서 기뻤고, 심지어 착하고 예쁜 이야기여서 더 좋았다. 다정함이 가득한 한 줄 한 줄을 한 줄 번역하는 것이 마냥 기쁘고 좋았다. 이야기에 쉽게 영향을 받는 성향이라 보관가게 주인처럼 성실하게 일하며 살아가고 싶다고 다짐도 했다. 이 다짐을 과연 잘 지켰는지는 모르겠으나 이후 자그마한 문이 열린 것처럼 하나둘 일이 들어오기 시작했고, 그 결과 나는 여전히 번역가로 살아가고 있다.

돌이켜 보면 이 책은 나에게 아주 큰 계기였다. 그 소중한 책과 10년의 세월이 지나 다시 만났다. 종이 속 주인은 그때나 지금이나 똑같았다. 나는 훌쩍 나이를 먹어 자랑스러운 아줌마가 되었는데, 주인은 등을 꼿꼿하게 펴고 아름답게 존재했다. 여전한 주인을 보며 역시 영향을 잘 받는 성향답게 한동안 잊었던 성실함에 대해 다시 생각했고 반성했고 다짐했다. 예나 지금이나 보관가게의 포근함은 내게 좋은 계기가 되어줄 것 같다. 예전 번역을 점검하는 내내 주인에게 고맙다고 말을 걸고 싶었다. 덕분에 지금도 번역 일을 하고 있다고 말해주고 싶었다. 마음씨 착한 주인은 내가 무슨 말을 해도 부드럽게 웃어줄 테고, 귀여운 고양이 사장님은 "야옹야옹(헛소리 그만해라)"이라고 말할까?

자, 다시 시작하는 보관가게다. 전에 소개되지 않은 세 번째 이야기도 곧 찾아올 예정이다. 새로운 이야기를 읽을 수 있어 번역가로서도 아주 설렌다. 참, 이번 1권에는 일본 문고본에 실린 단편 하나가 추가되었다. 마스코트 사장님의 활약이 돋보이는 귀여운 이야기이니 혹시 아직 책을 읽기 전인 분이라면 기대하셔도 좋습니다!

이소담

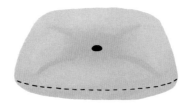

지은이

오야마 준코大山 淳子

남다른 시선과 감각적인 서술로 일상을 어루만지는 일본의 소설가이자 드라마 시나리오 작가. 1961년 도쿄에서 태어나 와세다대학교 교육학부 국어국문학과를 졸업했다. 10년간 전업주부 생활을 하다 43세에 시나리오 학교에 입학해 2006년 《초승달 밤 이야기三日月夜話》로 제32회 기도상 입선, 2008년 《밤샘하는 여자通夜女》로 제12회 하코다테항 일루미네이션 영화제 시나리오 대상 그랑프리 등을 수상하지만 '무명이라서 일을 줄 수 없다'는 말에 시나리오의 원작이 되는 소설을 쓰기로 결심한다. 1년 동안 열 편의 장편소설을 완성하는 노력 끝에 2011년, 《고양이 변호사》로 제3회 TBS·고단샤 드라마 원작 대상을 받으면서 본격적인 집필 활동을 시작했다.

《마음을 맡기는 보관가게》는 도쿄 변두리, 하루에 100엔이면 어떤 물건이든 맡아주는 독특한 가게를 배경으로, 주인 도오루와 그곳을 지키고 오가는 사람들의 가슴 뭉클한 이야기를 담은 연작소설이다. 현재까지 누적 40만 부 이상 판매된 이 시리즈는 2013년 1권 발표 이후 최근 5권이 출간되었으며, 독자의 꾸준한 사랑과 관심 속에 연극 무대에 오르는 등 여전히 뜨거운 인기를 누리고 있다.

작가의 또 다른 주요 작품으로는 《고양이 변호사》 시리즈, 《고양이는 안는 것》, 《빨간 구두赤い靴》, 《이이요 군의 결혼 생활イーヨくんの結婚生活》, 《눈 고양이雪猫》 등이 있다.

옮긴이

이소담

동국대학교에서 철학을 공부하다가 일본어의 매력에 빠졌다. 읽는 사람에게 행복을 주는 책을 우리말로 아름답게 옮기는 것이 꿈이자 목표다. 지은 책으로《그깟 '덕질'이 우리를 살게 할 거야》가 있고, 옮긴 책으로《소녀 동지여 적을 쏴라》,《내 오래된 강아지에게》,《50세에 떠나는 기분 좋은 혼자 여행》,《밤하늘에 별을 뿌리다》,《빵과 수프, 고양이와 함께하기 좋은 날》,《십 년 가게》등이 있다.

마음을 맡기는 보관가게

초판 1쇄 발행 2024년 3월 18일
초판 9쇄 발행 2024년 5월 17일

지은이　오야마 준코
옮긴이　이소담

편집인　이기웅
책임편집　오윤나
편집　안희주, 주소림, 김혜영, 양수인, 한의진, 이원지, 이현지
디자인　형태와내용사이
책임마케팅　김서연, 김예진, 박시온, 김지원, 류지현, 김찬빈, 김소희, 배성원,
　　　　　　박상은, 이서윤, 최혜연
마케팅　유인철
경영지원　박혜정, 최성민, 박상박
제작　제이오

펴낸이　유귀선
펴낸곳　㈜바이포엠 스튜디오
출판등록　제2020-000145호(2020년 6월 10일)
주소　서울시 강남구 테헤란로 332, 에이치제이타워 20층
이메일　odr@studioodr.com

ISBN 979-11-93358-65-8 (03830)

모모는 ㈜바이포엠 스튜디오의 출판브랜드입니다.